*Para la explotación en el aula de este libro,
existe un material con sugerencias didácticas y actividades
que está a disposición del profesorado en nuestra web.*

1.ª edición: mayo 2007
23.ª edición: noviembre 2022

Juan Ignacio Luca de Tena, 15. 28027 Madrid
www.anayainfantilyjuvenil.com

ISBN: 978-84-667-6248-9
Depósito legal: Bi-3084-2011

Impreso en España - Printed in Spain

PAPEL DE FIBRA
CERTIFICADA

E S P A C I O

A B I E R T O

ESPACIO ABIERTO

Diseño y cubierta de
Manuel Estrada

ESPACIO ABIERTO

Ana Alcolea

Donde aprenden a volar las gaviotas

ANAYA

Para Jørgen,
que me enseñó a disfrutar y a amar Noruega.
Para mi padre, juntos descubrimos el lugar
donde aprenden a volar las gaviotas.
Para mi prima María José, que me animó
a escribir esta novela.
Para todas las Elsas.
Y para mamá, siempre.

1

Me llamo Arturo

Mis padres se dieron su primer beso de verdad en el cine, mientras veían la película *Excalibur*. Por eso, yo me llamo Arturo y mi hermana se llama Morgana. Lo mío tiene pase, lo de mi hermana, menos; pero como soy muy positivo por naturaleza y siempre miro la mejor cara de las cosas, tiendo a pensar que podía haber sido peor. Sobre todo si tenemos en cuenta que a mí podían haberme puesto Merlín y a ella Ginebra. Eso no lo hubiera aguantado ningún hijo, por muy comprensivo y tolerante que fuera.

Esa obsesión por la cultura inglesa y la germánica hizo que mis padres viajaran mucho por Europa y se aficionaran a la mitología escandinava: Odín, Tor y todo eso. También estaban fascinados por los vikingos, de los que mi padre incluso llegó a escribir un libro que recreaba el primer descubrimiento de América por parte de Erik el Rojo. Este libro ponía de muy mal humor a mi abuelo, que siempre había sido muy patriota con eso de Colón y el descubrimiento y que toda su vida se negó a creer que el almirante hubiera nacido en Génova. Mi abuelo Cristóbal (ah, casualidades del destino) sigue sosteniendo la teoría de que su tocayo nació en un pequeño pueblo de las Baleares llamado Porto Colom, que se convirtió en una colonia germana en los años sesenta...

Pero lo que voy a contaros no pasó en Mallorca, sino mucho más al norte, cerca del Ártico: mi madre se empecinó en que yo empleara aquellas vacaciones de verano para mejorar mi inglés... ¡en Noruega!

Había suspendido esa asignatura en tercero de la ESO, lo que era demasiado terrible para la vanidad de mis padres. Así que decidieron que tenía que aprender la lengua de Shakespeare como fuera. Para ello, nada de cursos en Inglaterra con otros españoles, no. Un verano en Noruega, donde todos hablan inglés y donde, además, me sumergiría en la historia y la vida de los vikingos, padres de los normandos, padres a su vez de los ingleses. En fin, una lógica rocambolesca que entonces no entendía y a la que, en un principio, no le vi ninguna gracia. La verdad es que estaba muy enfadado. Mis padres y Morgana se iban a pasar el verano a la playa, a Peñíscola, con Carmen, la amiga de mamá, que tenía unas hijas estupendas. Con ellas veíamos mucho cine, que entonces era mi máxima afición, y en Semana Santa tocábamos el tambor en Calanda, donde vivían. Pero nada, me quedé sin películas, sin playa, sin mis amigas, y me empaquetaron rumbo a Noruega con una familia a la que no conocía. El padre era colega del mío en una universidad y experto en algún rey islandés de las sagas, que son esos poemas épicos nórdicos que están llenos de sangre, batallas y cabezas cortadas. La madre trabajaba en una fábrica de chocolates. Tenían un hijo que, por supuesto, se llamaba Erik y era rubio como la cerveza. El símil me ha venido a la mente por una canción que oía mucho mi madre por las tardes cuando venía de trabajar, mientras se cambiaba de ropa. Le gustaba cantarla haciendo una segunda voz a la cantante del disco. Mi madre tenía una bonita voz, sí; pero esa es otra historia.

2

Erik, mi amigo vikingo

Un tren y tres aviones tuve que coger desde Zaragoza hasta Trondheim, que está en el centro de Noruega y es la tercera ciudad del país. Llegué después de pasear todo el día entre nubes y aeropuertos. Me esperaba toda la familia: el padre, que se llamaba Ivar; Inger, la madre, de larga melena rubia, que parecía sacada de un cómic; y Erik, el hijo, que me llevó las maletas hasta el coche. La primera impresión que tuve de Noruega fue que a finales de junio hacía frío, y la segunda que había mucha luz: a pesar de haber aterrizado a las once y media de la noche, los rayos del sol aún se veían sobre el fiordo.

Erik y yo hicimos muy buenas migas enseguida. Íbamos juntos a todas partes. Él era muy rubio y yo muy moreno. Al principio me chocaba que la gente se me quedara mirando: en Zaragoza nadie me miraba por ser moreno. Soy un chico normalito, del montón, ni muy alto ni muy bajo, ni guapo ni feo, ni tengo los ojos saltones ni las manos demasiado grandes. Muy vulgar. Además, no me gusta llamar la atención. Cuando era pequeño, los demás chicos se metían conmigo por lo del nombrecito de mi hermana. Como somos gemelos, íbamos a la misma clase y siempre tenía que defenderla. Lo pasaba mal. Hubiera preferido quedarme en un rincón o en mi pupitre tranquilo, pero no, tenía que argumentar —y a veces pelearme por ello— que llamarse Morgana era tan normal como llamarse Andrea, Lorena o Laura, que era como se llamaban casi todas las chicas de mi clase.

El caso es que en el colegio siempre se fijaba todo el mundo en nosotros: primero, por ser gemelos y parecernos hasta en los movimientos; segundo, por los nombres; y tercero, por las dos cosas al mismo tiempo: a veces nos confundían y a mí me llamaban Morgana, y a ella Arturo. A mi hermana, el error le hacía gracia, incluso se dejaba el pelo cortísimo para fastidiar; pero yo odiaba que me llamaran así. Sufría enormemente.

Todo cambió cuando pasé al instituto en primero de la ESO: Morgana se rompió una pierna, la tuvieron que operar varias veces y tuvo que repetir curso en el colegio. ¡Me alegré, he de confesarlo! Pude ir solo al instituto, que era lo que más deseaba. Por fin, pude ser yo, sin que nadie me llamara Morgana. Allí fui uno más y no llamé la atención de mis compañeros. Entonces, me parecía estupendo ser como los demás, pasar desapercibido. Ahora me encanta ser un poco diferente y acepto mis rarezas, pero durante los años de la adolescencia uno quiere ser como todos, pertenecer a un grupo y no quedarse fuera.

El resultado fue que me sentí mucho mejor conmigo mismo y con los demás; nadie me miraba como un bicho raro ni dentro ni fuera de la escuela. Por eso, cuando paseaba con Erik en Noruega y notaba que la gente me miraba, me pareció que volvía a los años del colegio. Pero no, no era así; allí me miraban porque en un país de rubios yo era rarito y exótico, sin más.

3

La historia del búnker alemán

Dos días después de mi llegada, aquella ciudad me parecía aburrida: a las cinco de la tarde ya estaba todo cerrado y no había casi nadie por las calles de nuestro barrio, que estaba a las afueras. Cada trayecto de autobús costaba veinticinco coronas, o sea, tres euros, y pedalear hasta el centro en bicicleta no tenía ninguna gracia, así que entre el enfado que llevaba por no estar con el resto de mi familia en la playa y cierta sensación de no hacer nada, lo estaba pasando fatal. Nadie en la casa hablaba mi idioma, así que me tenía que esforzar constantemente para hablar y entender inglés. El padre de Erik, el superprofesor, me miraba como si fuera un bicho raro: no concebía que a mis quince años todavía no fuera capaz de seguir una conversación en inglés, como hacía allí todo el mundo a esa edad. Me metía en mi habitación, intentaba estudiar, aprender frases para luego emplearlas con la familia; pero, claro, aquello no funcionaba. Si aprendía cómo hacer el futuro e intentaba decir algo como: «Mañana iré al mercado para comprar pez espada», pues resultaba que allí no había pez espada y que la conversación en la mesa giraba en torno a lo que había ocurrido el día anterior en el polideportivo, o sea, que lo que debía haber repasado eran los verbos irregulares en pasado. En fin, que los primeros días fueron dignos de una pesadilla en blanco y negro. Erik me sonreía solo con media boca: desde el principio me pareció un signo de solidaridad con mi situación. Él tampoco se iba de vacaciones aquel verano gracias a mí; no obstante, intentó ser amable desde el primer momento, y eso ayudó a que fuera perdiendo mi miedo a hablar en inglés, y mi vergüenza a meter la pata. Después de una semana escuchando otro idioma, me decidí a intentar hablar yo también. Al principio, apenas me entendían, pero poco a poco lo fui haciendo menos mal, hasta que ya no me importó ser correcto, pero sí hacerme entender. ¡Y lo conseguí! Eso era más importante que saber escribir la respuesta correcta en aquellos horribles exámenes tipo test del instituto. Sí, podía comunicarme con una gente estupenda, y eso era mucho mejor que los verbos con preposición.

Un día, el padre de Erik compró un árbol nuevo para el jardín: un cerezo japonés que aguantara las bajas temperaturas del invierno nórdico. Mi amigo y yo empezamos a cavar en la tierra justo delante del seto que nos separaba de la calle. Mientras lo hacíamos, su madre, que había empezado a darnos instrucciones, comenzó a contarnos una historia familiar, que, extrañamente, Erik no conocía.

—¿Sabéis por qué esta casa no está orientada hacia el sur, como todas las otras del barrio, sino hacia el oeste? ¿No os lo habéis preguntado nunca?

Que no me lo hubiera preguntado yo era bastante normal, pues llevaba poco más de una semana en aquel lugar y además, en aquellos tiempos, no distinguía el este del oeste, salvo en las películas americanas; en mi casa de Zaragoza siempre daba mucho el sol, pero no sabía de dónde venía: los altos bloques de mi barrio no dejaban ver ni la salida ni la puesta del astro rey, así que nunca me había preocupado por ese detalle. Lo raro era que Erik, que llevaba los quince años de su vida viviendo allí, tampoco se hubiera dado cuenta nunca. Estaba claro que no era ni muy observador ni muy curioso.

—Aquí hubo un campo de concentración durante la ocupación alemana en la Segunda Guerra Mundial.

¡Un campo de concentración! Me entró un escalofrío por la espalda, que se irguió como accionada por un resorte. Había estudiado el tema en mis clases de Historia, pero, sobre todo, había visto muchas películas ambientadas en la guerra. No podía evitar ponerme en el lugar de aquellas personas que soportaban lo inimaginable mientras esperaban el momento en que alguien decidiría sobre su vida. Me vinieron a la cabeza las imágenes con la sonrisa perenne de Benigni en *La vida es bella,* y aquellas otras en que el comandante del campo ejercita su tiro al blanco con los prisioneros en *La lista de Schindler*. Dos películas tan diferentes para contar una misma crueldad: la de la absurda creencia en la superioridad tribal de un hombre sobre otro hombre. Dejé la pala en el suelo para escuchar mejor a Inger.

—En realidad, era un campo de trabajo, no de exterminio. Los nazis trajeron aquí a cientos de prisioneros balcánicos para hacer carreteras y construir bases para sus submarinos en los fiordos.

—Pero, mamá, el campo ocuparía más terreno que nuestra casa, ¿no? ¿Entonces por qué esta posición especial? —la interrumpió Erik, que de repente se había fijado en que su casa rompía el orden lineal del barrio.

Erik era de espoleta retardada. Le costaba reaccionar. Lo miré impaciente, esperando que callase para que su madre continuara su narración. Inger debió de pensar lo mismo que yo:

—Erik, déjame continuar, por favor. Os decía que trajeron a muchos balcánicos, concretamente serbios. Muchos dejaron aquí sus vidas, especialmente en el norte, donde aún existe la llamada «carretera de la sangre». El campo se extendía por todo el barrio, efectivamente, pero justo aquí —y señaló el jardín en el que habíamos estado cavando— se erigía el búnker del campo, con el cuartel general de los mandos; una construcción casi totalmente sólida y casi indestructible. Cuando el campo fue destruido al finalizar la guerra, el búnker mantuvo algunos de sus muros y casi todos sus cimientos. Por eso, esta casa tiene otra orientación: debajo del jardín todavía hay restos del edificio y cada vez que excavamos para plantar algún árbol salen fragmentos del muro, horribles piedras grises que recuerdan la vergüenza. Incluso en ocasiones nos hemos topado con los cimientos y hemos tenido que irnos con el árbol a otra parte del jardín.

—¿Restos del búnker? —pregunté yo.

Me parecía que mi amigo estaba menos concentrado que yo. Supongo que mi superior atención a las palabras de su madre se debía a que tenía que procesar todo lo que escuchaba en inglés y traducirlo en mi cerebrito. Erik podía escuchar y pensar al mismo tiempo. Claro, eso sería.

—Sí, restos —prosiguió Inger, que no se atrevió a recriminarme por la interrupción—. Lo dinamitaron y una parte de sus muros se rompió en pedazos y cayó sobre las casas. Se rompieron muchos tejados, incluso lejos de aquí. Nadie quería sentir que habitaba el mismo lugar donde se había vivido tanto horror.

¿Os habéis fijado en que el terrero de ese lado del jardín está más levantado que el resto? Esa es la razón: hay algo terrible bajo esta tierra y estos árboles, se guarda el recuerdo del horror, de la vergüenza, de la guerra. De hecho, esta casa era la más barata del barrio. Nadie quería vivir aquí justo después de terminar la guerra. Tardaron años en venderla. Hasta que la compró tu abuelo cuando vino del norte.

—¿Y la abuela? Siempre creí que esta había sido su casa desde que terminó la guerra.

—¿La abuela? No. Cuando acabó la contienda, se marchó al norte, donde conoció al que sería su marido, el abuelo Gunnar...

Cuando Inger pronunció estas palabras, se le ensombreció la mirada. Hasta su piel perdió su brillo dorado y se hizo gris. Entonces supe que un secreto doloroso se escondía bajo aquellas piedras también grises.

—¡Eh, chicos! —exclamó, intentando mostrarse jovial—. Ha salido el sol. Dejad el trabajo, la pala y el árbol y a tumbarse todo el mundo en las butacas para aprovecharlo.

¡Tumbarse al sol! A mí eso me parecía cosa de mujeres que quieren tostarse en la piscina. En la playa odiaba ver cómo se tendían durante horas sobre las toallas, con la arena pegada en la piel engrasada con las cremas protectoras. Y todo para conseguir una piel roja que iba cambiando de color para terminar pelándose. No le veía ningún encanto, la verdad. ¡Y ahora Inger pretendía que yo me pusiera así! De eso nada. Protesté sin ningún éxito; hasta Erik se había quitado la camiseta y se había echado en una de aquellas poltronas de rayas blancas y azules que había en la terraza. Se había embadurnado de una crema que me ofrecía con su media sonrisa.

—Cuando lleves más días entre nosotros, comprenderás por qué los noruegos tomamos el sol en cuanto lo vemos asomarse entre las nubes.

Efectivamente, lo fui comprendiendo: el verano nórdico no es como el de España, donde buscamos la sombra a mediodía. Allí puede hacer bastante frío, aunque sea julio o agosto. Durante los días soleados, todos los noruegos lucen una sonrisa de oreja a oreja, camiseta de tirantes, gafas de sol, y buscan el mejor sitio en la terraza, en el jardín o sobre una bicicleta. Pero aquel día todavía no entendía la magia escondida en el hecho de tomar el sol y me fui a dar un paseo para poder pensar un poco en mi idioma. Tampoco entendía que Inger hubiera interrumpido su explicación sobre el campo de concentración de una manera tan abrupta, ni que Erik no le hubiera preguntado algo más sobre la casa. Yo estaba intrigado. Tenía el estómago encogido.

Aquellas primeras noches me costó dormir en una habitación situada en el mismo lugar donde alguien había sido prisionero de los nazis. Erik no había vuelto a hablar del tema, ni siquiera por la noche, cuando compartíamos aquel mismo cuarto. Se echaba a dormir y dormía. Escuchaba su respiración acompasada treinta segundos después de que hubiera puesto la oreja en el almohadón. Tenía una facilidad para caer en brazos de Morfeo que me asombraba y me llegaba a enfadar. A mí siempre me costaba mucho dormirme, y especialmente en aquellos momentos. Durante aquellos días, cuando lo conseguía, tenía pesadillas: soñaba con prisioneros que vestían un uniforme con la misma tela rayada de las tumbonas del jardín. Yo era uno de ellos. Me despertaba sobresaltado cuando un oficial alemán me apuntaba con su pistola. Mi respiración se aceleraba y Erik seguía durmiendo como un bendito. Entonces miraba a través de la ventana sin persiana. Parecía de día. Hasta que me acostumbré a la claridad de las noches estivales, a veces me levantaba porque creía que eran ya las siete o las ocho de la mañana. Pero no eran más de las dos. En verano hay luz toda la noche. Cuando me despertaba y temía volver a mis pesadillas, me ponía a leer sin encender la luz y así no molestaba a mi compañero. Los primeros días me costó acostumbrarme; además, no entendía por qué no tenían persianas. Al principio me irritaba que saliera el sol por la noche, sobre todo si había estado lloviendo durante todo el día. Pero, después, enseguida disfruté de que no llegara nunca la noche. Era algo muy raro que pronto me empezó a gustar.

En el instituto, el profesor de Ciencias nos había explicado aquel fenómeno del sol de medianoche en el Ártico, pero era algo que estaba muy lejos y parecía muy irreal. Me lo aprendí de memoria para el examen y lo olvidé cinco minutos después, sin llegar a entenderlo. Lo mismo con la aurora boreal, que no llegué a ver en mi primera estancia en Noruega, pero sí varias veces después, en invierno y primavera, cuando las noches son noches: es uno de esos espectáculos de la naturaleza que hay que ver para creerlo, no basta con estudiarlo en un libro. El cielo oscuro se llena de repente de luces en constante movimiento, como si danzaran en ese escenario teatral que puede ser el celeste infinito, tan estático y tan cambiante al mismo tiempo. ¡Increíble!, o lo que es lo mismo, *Helt utrolig!*

Aquellas primeras noches cerraba los ojos y cuando dormía, la pesadilla de la guerra regresaba.

El cielo azul siguió abriéndose paso entre las nubes durante dos jornadas con sus noches. De modo que el cerezo japonés tuvo que esperar.

4

Una caja en el jardín

Como hizo sol y calor durante dos días y medio seguidos, los aprovechamos para pasear con las bicicletas por las orillas del fiordo, para jugar al fútbol en la explanada junto a la fortaleza y para leer tumbados en las hamacas de Inger, esas que luego volvían en mis pesadillas en forma de uniformes de prisioneros.

El día en que el sol volvió a desaparecer entre nubes grises era el cumpleaños de Inger. Por la tarde recibiríamos a toda la familia, y la madre de Erik pretendía tener plantado el cerezo y las demás plantas que había comprado, así que a la primera hora de la mañana ordenó:

—Chicos, vamos a continuar con la preparación del jardín. Coged las palas y a trabajar.

Inger quería crear unos desniveles en terraza para plantar el cerezo y unos cuantos arbustos que había adquirido en el vivero. Pretendía emular los jardines de Babilonia, pero en pequeño, y para ello había que cavar, y mucho. Me preguntaba qué pintaba yo allí, a casi cinco mil kilómetros de distancia de la playa donde estarían jugando con las olas mi hermana y sus amigas. Excavaba en un jardín ajeno, a cada palada salían escombros de un viejo campo de concentración alemán y a mí se me ponían los pelos de punta. ¡Y todo por mejorar mi inglés!

Después de haber extraído cinco o seis carretillas de tierra, de repente mi pala emitió un quejido metálico, como si se hubiera chocado con un pariente. Me agaché. Allí había algo diferente de todo lo que habíamos sacado hasta entonces.

—¡Eh, Erik, mira, aquí hay algo!

Nos agachamos juntos. Algo brillante destacaba entre el gris de la tierra mezclada con piedras y cemento del búnker. Me ayudé de la pala y de mis manos para extraerlo.

—¡Mira, es una caja de metal! —exclamé, asombrado. Me parecía que había encontrado la caja del tesoro—. ¡Está cerrada con un candado!

Efectivamente, ante nuestros ojos había una caja que algún día había sido azul. Tenía restos de pintura. Era una de aquellas viejas cajas de caudales que tenían las abuelas en el armario; solo que esta contaba, además, con un candado extra, redondo, y con la cerradura tapada por una minúscula puertecita imantada, un modelo rarísimo que nunca había visto.

—¡Fíjate! —dijo Erik, excitado con el descubrimiento. Su madre, que salía en aquel momento de la casa a la terraza hablando por teléfono, dejó de hacerlo al instante. La persona con la que charlaba se debió quedar literalmente cortada—. No solo tiene un candado, sino que también tiene un cierre de combinación para abrirla.

Erik repetía casi las mismas palabras que yo había dicho como si fueran suyas. ¡Eso me irritaba enormemente! O Erik era realmente un poco tonto o no me entendía, lo que quería decir que mi inglés seguía siendo un desastre. Lo miré con rabia durante dos segundos, pero mi hallazgo era más interesante. Era como aquellas cajas fuertes que habíamos visto en tantas películas y que los asaltantes siempre abrían con dinamita, solo que la nuestra era demasiado pequeña para abrirla con una explosión. ¡Se hubiera convertido en polvo!

—¡Vaya, vaya! —exclamó Inger, que ya se había acercado a observar el agujero y el tesoro. Le temblaba la voz—. Alguien se tomó muchas molestias para esconderla. No solo estaba enterrada a más de un metro de profundidad, sino que tiene dos diferentes sistemas de seguridad —obviamente, Inger no nos había oído o no nos había entendido ni a Erik ni a mí y volvía a repetir lo mismo que ya habíamos dicho los dos—. Ni siquiera el candado se puede hacer saltar con una tijera, también tiene una hendidura imposible.

—¡Escuchad! —musitó Erik en un tono casi inaudible, como si temiese que alguien dentro de la caja nos pudiera oír, como si hubiéramos encontrado una lámpara con un genio en su interior que nos pudiera espiar—. Suena como si contuviera papeles. ¿Qué será... y quién...?

—Esta caja... me es familiar —dijo Inger—. ¿Dónde la he visto yo antes? Así, casi cuadrada, azul, con el candado redondo y dorado. Mirad: tiene restos de una cenefa de latón repujada e incrustaciones de madera tallada. Debió ser preciosa. ¿Dónde la he visto...?

La miramos asombrados. ¿Inger conocía la caja misteriosa? No podía ser.

—¿La habías visto antes, mamá?

—No sé, es extraño, pero me han venido recuerdos, como si la conociera. Pero no puede ser. No me acuerdo de que nunca nadie haya removido la tierra en esta parte del jardín. Siempre ha habido césped ahí encima. Es una sensación muy extraña. Sé que nunca la he visto antes. Sin embargo, estoy segura de conocerla. Pero ¿dónde y cuándo y cómo y por qué?

Pues dónde, cuándo, cómo, por qué y quién fue lo que tuvimos que averiguar durante aquel verano de noches blancas llenas de oscuros secretos. Pero aquella tarde tuvimos que dejar la caja en el sótano para terminar de organizar el jardín y preparar la fiesta de cumpleaños de Inger.

5

La abuela de Erik

Erik tenía tres abuelas, no dos como la mayoría de los mortales. Su abuelo paterno se había casado dos veces, y sus dos viudas eran consideradas por él como abuelas. En las fiestas familiares se juntaban y se llevaban incluso bien. Eran vecinas en la casa de cuatro apartamentos en la que vivían, y tenían una buena relación. Compartían taxi cuando visitaban a su *hijo* y al resto de la familia. Me parecieron entrañables cuando las conocí en la fiesta de cumpleaños. Llegaron antes que la madre de Inger.

Cuando vi a la tercera abuela, me dio un escalofrío, aún no sé por qué. La señora Elsa no era una venerable abuelita de tipo tradicional como las otras dos. Era una anciana que aún mostraba parte de la soberbia belleza que seguro había tenido de joven. Extremadamente delgada, tenía el rostro muy arrugado y llevaba unas modernas gafas de pasta color violeta, muy atrevidas para su edad. Ninguna de mis abuelas se habría puesto nunca nada igual. Vestía de negro y se adornaba con un chal también de color viola. Se recogía el pelo en un moño en lo alto de la cabeza y desde atrás, de no ser por su pelo blanco, se la habría podido confundir con una jovencita.

—Mamá, ven, siéntate aquí, estarás más cómoda —por alguna razón a Inger le temblaba la voz cuando hablaba con su madre.

—No necesito que me contemples tanto. Estoy estupendamente —contestó, áspera, a su hija, que se desvivía en atenciones.

—Mira, mamá, te presento a Arturo, el amigo español del que te hablé —continuó Inger.

—No me has hablado de ningún amigo español, querida —siguió, con un tono que me iba pareciendo cada vez más antipático.

—Sí, el hijo del profesor Casanova, el colega de Ivar. Te comenté por teléfono que iba a pasar aquí todo el verano —Inger la contemplaba con cara de preocupación. Yo no sabía a quién mirar.

—Te repito que no había oído hablar de él. ¿Cómo te llamas, jovencito? —me preguntó por encima de sus gafas violeta.

—Arturo, señora Elsa —respondí al tiempo que le daba la mano.

—Arturo, como el rey Arturo, bien, buen nombre. Menos mal que no eres una chica, si no a lo mejor te habrían puesto Morgana —la broma, que, como algunas de sus palabras, me iba traduciendo Erik al inglés, no me hizo muy feliz, claro. No obstante, sonreí. Tenía que ser cortés con la abuelita.

—Mi abuela tiene mala memoria, ¿sabes? —me dijo Erik en voz baja—. Es una enfermedad. A veces no recuerda casi nada de lo que acaba de ocurrir. Sin embargo, hay momentos en que está completamente lúcida y se acuerda bien de algunas cosas que pasaron cuando era joven, cuando la guerra.

—¿La guerra? —cada vez que oía aquella palabra, mi espalda sufría una contracción, y mi piel se erizaba.

—Sí, tiene más de setenta años. Vivió toda la ocupación y cuenta que no tenían mucho que comer ni ropas que comprar. Luego, se fue al norte, pero no sé por qué.

—¿Y nunca se lo has preguntado? —le inquirí. Me desconcertaba la falta de curiosidad que mostraba Erik en casi todo.

—Sí, claro —me contestó, mientras me servía una taza de té y un trozo de tarta de almendras—. Dice que se fue para conocer al abuelo.

—¿Cómo se iba a ir a conocer a tu abuelo si ni siquiera sabría que existía? —dije con un trozo de tarta en la boca. Estaba riquísima, sabía a canela y a algo raro, nuevo para mí.

—¿Por qué no iba a saber que existía? Tal vez, alguien le había hablado de él y concertaron el matrimonio sin conocerse —ahora era él quien hablaba con la boca llena.

Inger nos interrumpió.

—¿Queréis dejar de hablar en un aparte? Aquí estamos todos reunidos, es de mala educación. Y no habléis con la boca llena. O alguna abuela va a recibir un trozo de almendra en un ojo —Inger nos hablaba sin dejar de sonreír y aparentando que hablaba del tiempo.

—¡Esta tarta está riquísima! Tiene un sabor... diferente a todos —dije por decir algo y cambiar de conversación.

—Es el cardamomo, una especia que se pone en muchos dulces y que se usa muy poco en tu país —me contestó—. Esta es una receta especial, de mamá, la tarta del príncipe. Mamá, a Arturo le gusta mucho tu tarta.

—¿Arturo? ¿Qué Arturo? No conozco a ningún Arturo. Aunque espera, quizás sí, Arturo, con el traje gris... —contestó la abuela Elsa, con sus ojos más allá del cristal de sus gafas lila.

—Arturo, el chico español, este de aquí, abuela, con la camiseta roja —repuso Erik.

—Arturo, el traje gris... ¿Español? ¿El príncipe? ¿Qué príncipe? Arturo no es el príncipe...

La abuela estaba muy confusa. Erik tenía razón, su memoria no estaba bien. ¡Y parecía que me confundía con otro Arturo de traje gris! ¡Vaya lío!

La abuela siguió comiendo su tarta y ya nadie se molestó en sacarla de su confusión. Las otras dos abuelas bebían todo el café que Inger era capaz de hacer, Ivar iba y venía mostrando no sé qué piedras viejas a sus dos madres. La verdad es que nunca supe cuál de las dos era la verdadera. Creo que hasta se parecían. Erik seguía comiendo más y más tarta, y yo miraba a Elsa, que treinta segundos después se había olvidado completamente de Arturo y del príncipe de la tarta. Con su cuello siempre erguido me parecía un cisne negro de cabeza blanca. Había dejado de darme miedo, pero su proximidad me seguía produciendo un extraño frío. De vez en cuando me miraba e intentaba sonreírme sin conseguirlo. Su boca no fue capaz de crear una sonrisa en toda aquella tarde. Más adelante me enteraría de que le ocurría lo mismo cada vez que iba a la que había sido su casa.

Se hacía tarde y las tres abuelas decidieron marcharse casi al mismo tiempo. Elsa dejó que sus consuegras lo hicieran antes. Cuando por fin se despidió, nos dijo:

—Bueno, chicos, os espero en mi casa. Ahí os dejo la lista de la compra —y deslizó un papel de color violeta sobre la mesa—. Erik, quiero que traigas a tu amigo a visitarme. Os haré un chocolate. Mañana sería perfecto, así me ayudarás a revisar el correo. Lo tengo atrasado desde hace un par de semanas. Ha sido un placer, jovencito, ¿cómo has dicho que te llamabas?

—Arturo, señora, hasta mañana, me encantará visitarla —mentí lo que mejor que pude.

—Arturo... bonito nombre, Arturo, sí... como... —titubeó la anciana.

—Venga, mamá, el taxi te está esperando, no querrás pagar más de la cuenta. Os veréis mañana. Cuídate —interrumpió Inger, que parecía no querer escuchar nada más sobre ningún Arturo. Le dio dos besos.

—Os espero, muchachos. Cuidad el jardín, esos árboles tienen muchos años, muchos años... —se despidió Elsa desde el coche.

Cuando nos quedamos sin abuelas, Inger respiró aliviada. Me daba la impresión de que tenía miedo a que la abuela Elsa pudiera contar algo que ella no quería oír. Pero quizás lo que le ocurría era, simple y terriblemente, que temía ir comprobando de forma cada vez más explícita la falta de memoria de Elsa, síntoma inequívoco de una enfermedad degenerativa irrevocable a la que temía más que a las siete plagas de la Biblia. Con esa misma dolencia había muerto su abuela durante la guerra. Esto me lo había dicho mi amigo.

Inger se retiró a su habitación y no la volvimos a ver hasta el día siguiente. Cuando salió, tenía los ojos hinchados, señal también inequívoca de que se había pasado toda la noche llorando.

6

De visita en casa de Elsa

Parte de la mañana se nos pasó en fregar y recoger los restos de la cena, así que no nos acordamos de la caja que seguía encerrada en el sótano, junto a los vinos de Rioja que coleccionaba Ivar y entre cientos de viejos objetos que un día habían formado parte de la decoración de la casa y que ahora dormían el sueño eterno allí abajo, al fresco.

Elsa vivía en la otra punta de la ciudad. Iríamos en bicicleta. Teníamos que llevarle algunas provisiones, sobre todo fruta, que pesaba mucho y que ella evitaba comprar para no cargarla hasta su casa. Pusimos los cestos en las bicis, pasamos por el supermercado y compramos lo que Elsa nos había encargado el día del cumpleaños de Inger. También cogimos unos bombones, que, según Erik, eran su vicio secreto más conocido.

—Le encanta el chocolate. Es su gran pasión confesable —me había dicho Inger durante el desayuno—. Antes iba mucho a Venecia, siempre habla de un maravilloso café en la plaza de San Marcos donde deben hacer un chocolate más que estupendo.

—¿El Café Florián, quizás? —me vino el nombre a la cabeza por una novela que había leído no hacía mucho tiempo y en la que aparecía el chocolate de ese famoso lugar de Venecia.

—¿Florián? Sí, así se llama; nunca he estado allí, pero sé que es un sitio muy hermoso. Mi madre solía ir mucho por allí. Ahora ya no viaja, no se siente con fuerzas suficientes, pero siempre tiene buenos chocolates para sus visitas. Y le encanta que le regalen bombones.

Inger decía esto mientras acariciaba el asa de su taza de té, a la que miraba con cierto arrobo. Quién sabe qué le pasaría a ella por la cabeza al hablar del chocolate.

Llegamos a eso de las seis de la tarde a casa de la abuela. Nos esperaba. No había olvidado su cita con nosotros.

—Hola, chicos. ¿Qué tal desde ayer? —parecía que su memoria estaba mejor que nunca. Hasta se acordaba de mi nombre—. Arturo, guapo, ¿te gusta Noruega? —acerté a entender.

Elsa me había llamado por mi nombre y me había sonreído, algo que me había parecido imposible el día anterior. Seguía llevando sus gafas de color violeta y ropas de color negro, aunque había cambiado los pantalones del primer día por una larga falda hasta los tobillos. Su pelo seguía recogido en un moño alto.

—Sí, señora, todo es muy bonito —empecé a decir, pero enseguida me interrumpió.

—Erik, cariño, tienes que mirarme el correo, se me ha bloqueado y no consigo entrar.

¡Caramba! El correo atrasado que tenía la abuelita era el correo electrónico. O sea, que aquella anciana, que tenía la memoria averiada, podía manejar el ordenador mejor que mi padre, que no era capaz de escribir una página sin que le ocurriera algún percance. Papá se había quedado en la época de los caballeros de la Mesa Redonda, que no tenían computadoras; de hecho, *Odisea 2001*, de Kubrick, era una película que no podía soportar. ¡Vaya con las abuelas!

—Voy a ver, abuela.

Erik se puso manos a la obra y me dejó solo en el salón, porque Elsa estaba ya en la cocina preparando unas crepes para el chocolate.

—¿Te gustan las crepes..., muchacho? —al parecer ya había vuelto a olvidar mi nombre.

—Sí, señora, he probado las que hace Inger, están muy buenas —contesté, mientras iba curioseando los objetos que allí había, los muebles, los cuadros de Elsa. Había empezado a perderle el miedo irrazonable que me provocó la primera vez que la vi.

La casa de Elsa era como una caja de música, pequeña pero llena de tesoros: viejos muebles de madera tallada y pintada que habían pertenecido a la familia de su marido, antiguas porcelanas, objetos de plata dentro de una vitrina que ocupaba media pared. Cuadros de paisajes nevados y barcas de pesca recordaban el pasado marinero de parte de la familia. Viejas fotos en blanco y negro con rostros, peinados y ropas de otros tiempos decoraban un coqueto rincón de la habitación, en el que había una pequeña mesa redonda con una jarra de plata y un pato de cristal de colores, de diseño moderno y de aspecto muy poco noruego. Me di la vuelta para seguir mirando. En el ángulo opuesto, algo muy diferente al resto de la casa: una máscara africana de madera que parecía querer mirarme desde sus ojos vacíos. Dejé de mirarla, su presencia no me era agradable.

—¿Te gusta mi máscara? Es africana —di un bote al oír la voz de Elsa detrás de mí. Olía a crepes y a perfume caro.

—Sí, es... muy interesante —mentí.

—Un regalo de una buena amiga que viaja mucho por ahí. Yo también viajaba mucho antes, ahora no puedo, me cansan los aeropuertos. Estoy un poco vieja, ¿sabes?

Y me miró como miran algunas mujeres cuando quieren oír de los labios de un hombre que están estupendas y que no aparentan en absoluto la edad que tienen, sino veinte años menos.

—Usted parece una jovencita, señora Elsa —le dije, tratando de apartar la mirada de sus ojos para que no se me notara que estaba mintiendo. Pero, claro, no mirar al interlocutor muestra muchas veces esa inseguridad que produce la mentira.

—No quieras quedar bien conmigo... ¿Cómo has dicho que te llamas?

Por fin llegó Erik en mi ayuda:

—Arturo, abuela, se llama Arturo y es español. Ya tienes el correo en su sitio. Se había bloqueado con un mensaje muy largo, te lo he borrado y ya está. Era de Ángela, con fotos. Las he tenido que borrar. Hay más correos de ella, supongo que te contará lo que había en las fotos.

—Fotos, fotos, siempre fotos. No sé por qué la gente se empeña en hacerte ver sus fotos. Nadie está interesado en fotos que no sean propias. No hay nada más aburrido que ver las fotos de las vacaciones de otra gente. Bien, vamos a tomar el chocolate. Os he hecho unas crepes. Sentaos.

Elsa había preparado una mesa preciosa: un servicio de porcelana con flores diferentes pintadas en cada taza y en cada plato, unas cucharillas de plata con el mango formando una espiral que terminaba en una hoja dorada, un candelabro también de plata con tres brazos de motivos vegetales. Había tres diferentes tipos de mermeladas que ella misma había hecho con frutas del bosque que Inger y Erik recogían cada verano en las montañas: mermelada de arándanos, de *multe* —unas frutas amarillas que crecen exclusivamente en zonas muy frías del norte de Europa— y de grosellas.

—Las grosellas son del jardín y las he cogido yo esta mañana. Este verano han madurado muy pronto. Es una mermelada fresca, sin cocer. Espero que os guste.

Estaban todas exquisitas. Parecía que las recetas no se le habían olvidado con aquella enfermedad que hacía llorar a Inger. Nos pusimos las botas, terminamos con todas las crepes que Elsa había hecho. Se quedó contenta con nuestra hambre y volvió a sonreír.

—¿De quiénes eran los correos, Erik?

—Hay muchos, no los he visto todos, abuela —contestó—. La mayoría son de Ángela, ya te lo he dicho —y Erik hizo ademán de morderse la lengua.

—¿Ángela? ¿Qué Ángela? —la abuela volvía a tener uno de sus momentos de vacío memorístico.

—Ángela, tu amiga la italiana, la escritora —le contestó su nieto.

—La escritora... ¿Qué escritora? —preguntó mientras llenaba de nuevo su taza de chocolate—. Bueno, no importa, luego los veré.

A veces parecía que era consciente de que tenía un problema con sus recuerdos.

—Muy buenas las mermeladas, abuela —dijo Erik para cambiar de tema—. Este año va a haber muchas bayas, lo pone el periódico. Muchas *multes* y muchos arándanos. Podrás hacer mucha mermelada.

—Qué bien... —Elsa se daba cuenta de que su nieto había cambiado el tercio para evitar una nueva situación embarazosa—. Sí, este año haremos mucha confitura, así tu amigo podrá llevarse a su país.

—Sí, Arturo podrá llevarse mermelada a España —recalcó Erik mi nombre para recordárselo a la abuela sin que se notara.

—Arturo, qué nombre tan bonito, como el rey Arturo, Lancelot y la reina Ginebra. Qué historia de amores imposibles tan fascinante, ¿verdad? —en algunos momentos parecía que todo en su cabeza estaba en su sitio.

—Abuela, tenemos que marcharnos, hemos prometido ayudar a mamá en el jardín.

—Arturo... Creo que conocía a alguien con ese nombre... Me acuerdo de un traje gris. Era guapo aquel Arturo... Creo... En fin. Bueno, chicos, si tenéis que marcharos...

—Sí, abuela, nos vamos.

Nos levantamos para marcharnos. En aquel momento, mi cabeza pasó junto a una de las viejas fotografías de la pared. Me la quedé mirando, mientras abuela y nieto hablaban en noruego de algo que no podía entender. La foto mostraba a una familia en el día de la fiesta nacional, había banderitas sobre la mesa. Todos muy elegantes, con esa rancia elegancia de los años treinta: los padres, cogidos de la mano, sonreían a la cámara; un niño pequeño sentado a un viejo piano concentraba toda su atención en las teclas, ajeno al fotógrafo; una niña con largas coletas rubias cogía una banderita con la mano. En su cara se podían adivinar los rasgos de Elsa. La otra mano la apoyaba en una caja.

¡En una caja! Sí, una caja, la caja. ¡Ahí estaba! Nuestra caja de caudales estaba en la foto de la abuela. La habíamos dejado en la bodega y casi nos habíamos olvidado de ella.

—¡Erik, mira la foto! —exclamé, mientras le daba un codazo a mi amigo. Su abuela había desaparecido por la puerta de la cocina.

—¿Qué foto? Ah, sí, la abuela de niña. Mamá dice que me parezco a ella en esa foto. Yo nunca he visto el parecido. Debe ser porque no puedo abstraerme de las coletas —Erik seguía siendo el despistado de siempre.

—¡La caja, hombre, la caja! ¿No la ves? Está ahí, en la foto. La caja del jardín. ¿No te acuerdas de que a tu madre le parecía familiar? Ahí está la razón. La había visto en la fotografía.

—¡La caja! ¿Qué hace ahí? ¿Por qué la tiene la abuela en la foto? —se preguntó tontamente Erik.

—Tomad estas grosellas. Son para Inger. De pequeña le encantaban. Teníamos muchas en el que ahora es vuestro jardín. El abuelo las cuidaba mucho. No sé por qué tu padre las quitó. Todo para poner unos árboles que no dan nada más que hojas —de pronto se dio cuenta de que no quitábamos los ojos de la fotografía—. ¿Qué estáis mirando con tanta afición? Ah, mi fotografía. ¿A que estaba bonita yo entonces?

—Sí, abuela, aunque no tanto como ahora. Estás preciosa.

Erik le dio un abrazo y nos fuimos. No mencionó para nada ni la caja del jardín ni la caja de la foto, que eran la misma, una sola.

—¿Por qué no le has dicho nada de la caja? —le pregunté, apenas la abuela cerró la puerta de su casa.

—Estaba muy cansada. Las visitas la agotan. Ya volveremos con alguna excusa y sacaremos la caja en la conversación. Hoy no se habría acordado de nada. Y quizás se habría puesto sentimental. Quién sabe qué recuerdos le podrían venir o dejar de venir. Mañana será otro día, Arturo.

Me quedé callado. Seguramente, Erik tenía razón. A veces me sorprendían sus razonamientos. Conocía bien a su abuela. Tendríamos que esperar para saber de dónde había salido aquella caja, además de entre los escombros del viejo búnker alemán cuyos restos seguían enterrados en el mismo jardín donde un día habían crecido frambuesas. Y grosellas como las que llevaba en mis manos. Sí, la abuela olía a crepes, a perfume caro y a frutas del bosque.

7

Un mensaje en el teléfono

Me sorprendía la total falta de curiosidad que mostraban todos mis anfitriones hacia la caja. La habíamos subido al despacho de Ivar, el padre de Erik, que estaba siempre allí estudiando sobre los vikingos, y algo tan moderno como una caja de caudales no le interesaba ni lo más mínimo. Se parecía a mi padre. Inger la miraba de vez en cuando con una cara que no era ni curiosa ni excitada por lo que pudiera haber dentro. Más bien me daba la impresión de que no quería saber, como si presintiera que el interior de la caja pudiera contener algo peligroso. Y Erik... De Erik mejor no hablar. Cuando le sugerí que podríamos intentar abrirla con un soplete, me miró con su media sonrisa y me dijo:

—Ah, no, de eso nada, se podría estropear y sería una pena. La caja es bonita, con esa cenefa de latón repujado que lleva alrededor. Todo a su tiempo. Seguro que averiguamos cómo se abre. Además, ahora ya sabemos que es de la abuela o que al menos estaba en la casa de su infancia. No te preocupes, llegaremos a saber cómo abrirla. Seguro —me sacaba de quicio tanta parsimonia, para Erik no funcionaba aquello de «No dejes para mañana lo que puedas hacer hoy».

—No lo tengo yo tan claro —repuse—. Perdóname el comentario, pero la memoria de tu abuela está para pocas investigaciones. ¿De verdad crees que puede recordar la combinación de una caja de seguridad?

—Eso si es que fue ella la que la enterró. Estaba a bastante profundidad. Siempre la he visto frágil. No sé. Aun siendo así, quizás no recuerde los números, pero ¿y si los tiene apuntados en algún sitio? Una caja no se entierra en un jardín sin ninguna razón. Alguien, tal vez ella, se tomó mucho trabajo para esconder lo que hay dentro. Sea lo que sea, lo averiguaremos, pero no a costa de romper una caja que, según la foto, lleva en mi familia varias generaciones. Mañana iremos a ver a la abuela y seguro que descubrimos algo.

—Mañana... ¡Acabamos de venir de allí! ¿Con qué excusa vamos a ir? —repliqué.

No se me ocurría ninguna razón coherente para volver a aquella casa sin que la abuela sospechara, y era evidente que no le íbamos a contar que habíamos encontrado la caja misteriosa. Si ella la había escondido, sería por algo. Podría excitarse y ponerse peor.

—La llamaremos antes. Le diremos que se ha detectado un virus muy agresivo que llega a los ordenadores a través del correo electrónico y que tengo que controlar que todo está bien en el suyo. ¿Te parece bien o no?

—¡Genial! —la verdad es que no estaba mal la idea de mi amigo—. Seguro que no sospechará nada. Puedes decir que te han avisado en un mensaje que has recibido y que...

—¡Chsssssssss! Es mejor no dar demasiadas explicaciones, si no puede empezar a sospechar. Tiene mala memoria, pero no es tonta. ¡Ah! Y a mi madre, ni una palabra. Ella no debe saber nada de la foto. Por la razón que sea, el tema de la caja en el jardín le produce cierto repelús. No le contaremos nada hasta que tengamos claro lo que pasó —Erik parecía muy seguro, demasiado seguro incluso.

—¿Y cómo vamos a sacar la conversación sobre la fotografía? —le pregunté.

Por supuesto, Erik también tenía una respuesta preparada.

—Muy fácil —respondió con su característica mueca—. Tú, como eres nuevo en la familia, te muestras curioso por sus fotos, haces ver que esa te llama poderosamente la atención y le pides que te la describa. Si no nombra la caja, lo haces tú de manera natural. Así: «¿Y esa caja tan peculiar que tiene en la mano?». Y ya está.

—¿Y si no se acuerda de nada referente a la foto o a la caja? Se pondrá nerviosa y...

Erik me cortó.

—Pues cambiaremos de tema rápidamente y lo intentaremos en otro momento. No pasa nada, tenemos todo el verano para descubrir el enigma de la caja enterrada.

Me dio una palmada en el hombro que me movió de mi sitio. Sí, todo el verano. Me dio un escalofrío. Me pareció que me llamaban las olas del mar Mediterráneo en las que nadaba el resto de mi familia en aquellos momentos. Entonces, sonó su teléfono móvil. Era un mensaje.

—¡Ajá! Mensaje de Karin. Quizás haya vuelto de sus vacaciones.

—¿Quién es Karin? —pregunté, intrigado.

—Una buena amiga, muy buena..., vive ahí enfrente. Dice que ha vuelto y pregunta si nos vemos en el parque dentro de veinte minutos. Voy a decirle que sí y que tengo un amigo que vendrá conmigo, ¿te parece?

—Pues..., no sé..., sí, supongo que sí, pero a lo mejor tú prefieres salir solo con ella. No quiero estar en medio como el jueves. Esta es una expresión que decimos en mi idioma —a veces traducía al inglés juegos de palabras que podían ser difíciles de entender y que desde luego perdían toda la gracia.

—No es mi novia, hombre, es solo... una buena amiga. Nos conocemos desde la guardería. A lo mejor te gusta a ti.

—¿Es guapa? —no se me ocurrió otra cosa mejor que decir.

—Del montón, ya sabes, rubia, pelo muy liso, con los ojos azules, un poco más alta que yo; en fin, normal, como todas —fue la respuesta de Erik.

¡Como todas! Tenía guasa la cosa. La descripción de Karin era de chica diez según mi canon de belleza estándar en aquellos momentos. Pero también era verdad que allí, o sea, en Noruega, todas las chicas son así, más o menos guapas, pero muy rubias, de ojos muy claros y tez muy pálida. Aquí nos seguimos muriendo por una rubia y a Erik le parecía de lo más natural.

Fuimos al parque en las bicicletas. Cuando llegamos, allí estaba ella, montada en su bici y comiéndose un melocotón con piel. Me dio dentera, nunca he podido soportar el tacto de esa fruta sin pelar. Puedo comer la piel de una manzana, incluso de una pera, pero la del melocotón, no. El resto de Karin también me impresionó, pero de otra manera: tan alta como yo, ancha de hombros (luego me enteré de que hacía natación y de que había sido campeona de esquí, como casi todos por esas tierras) y con un trasero que se salía del sillín; llevaba una camiseta corta que dejaba al aire su ombligo sin *piercing;* su piel estaba ligeramente tostada por el sol, lo que destacaba aún más unos ojos azules turquesa de un color que nunca había visto dentro de unos ojos; su pelo, muy liso, estaba recogido en una coleta alta. No era del montón ni siquiera en Noruega, estaba más buena que las mermeladas de la abuela.

—Este es mi amigo Arturo, es español. Ha venido para practicar su inglés —me presentó Erik.

—¿Y por qué no te has ido a Inglaterra o a Irlanda como hace todo el mundo? —fue el saludo de Karin, que casi era una invitación a irme por donde había venido. Me dio la impresión de que no era su tipo.

—Mis padres han decidido que viniera aquí. Y estoy encantado —contesté, buscando cada palabra para no parecer imbécil.

—Muy bien. ¿Y te llamas Arturo como Arturo el de los caballeros de la Mesa Redonda? —parecía que todos se sabían la historia.

—Sí —le cortó mi amigo—, como el rey Arturo, es un nombre medieval igual que Erik. ¿Qué tal tus vacaciones por el sur?

—Aburridas, como siempre —la primera impresión no es la que cuenta, estaba claro. Karin me había parecido preciosa en un primer momento, pero cuando empezó a hablar, me cayó como una patada en las tripas—. Demasiado calor, todo muy seco, muchas iglesias, muchas ruinas y mucha gente en las playas. Tenía ganas de volver.

—¿Dónde has estado, Karin? —le pregunté para, no obstante, parecerle amable.

—En Grecia, como siempre —y me miró con una cara de asco que le quitó el resto de encanto que le quedaba. Su padre era experto en arte clásico y cada verano visitaban una isla griega distinta. Su objetivo era conocerlas todas y visitar todos los templos erigidos al dios Apolo. Karin estaba ya un poco harta.

—Me gustaría mucho ir a Grecia, la cuna de la cultura, de la filosofía, del arte, Delfos, Atenas... —yo quería parecer un chico culto.

—Muchas piedras rotas, Arturo. Yo voy todos los veranos y ya me he hartado. Quería volver para sentir el aire fresco y beber agua de ríos sin contaminar. ¿Y tú, Erik? ¿Qué tal tu verano?

A continuación, le preguntó algo a mi amigo en noruego que no pude entender. Me miró y lanzó una sonrisita que no me gustó nada. Siguieron hablando en su idioma y yo me quedé fuera de la conversación, mirando las gaviotas que picoteaban algo en el suelo. Si Karin le gustaba a Erik, no podía entenderlo. Era tonta. ¡Cómo podía hablar despectivamente de un país porque hacía calor y tenía ruinas! ¡Cómo alguien podía hartarse de veranear siempre en un lugar como Grecia! Me parecía que nadie en su sano juicio podía hacer comentarios como aquellos. Había un aire de superioridad en Karin que me molestó. Definitivamente, quedé convencido de que era demasiado guapa, de que lo tenía muy asumido y de que miraba a los demás desde su atalaya.

Pero no sabía lo equivocado que estaba en mi apreciación.

—Karin tuvo un grave accidente hace dos veranos —me contó Erik de vuelta a casa, tras despedirnos de Barbie hasta un par de días después—. Se cayó de un risco mientras hacía montañismo. La tuvieron que operar de la espalda dos veces. Tiene que nadar dos horas diarias, por eso tiene la espalda tan desarrollada. Y no puede esquiar, que es lo que más le gustaba en este mundo. Cualquier caída podría dejarla paralítica para siempre. Perdió un año en el instituto, se le agrió bastante el carácter y sus amigas de siempre dejaron de serlo.

—Vaya, nunca lo hubiera sospechado. Me pareció, de hecho, bastante soberbia y autosuficiente —le comenté. Mi intuición era un desastre desde mis tiempos de guardería.

—No te fíes de las apariencias. La autoestima de Karin sigue en el subsuelo, por eso tiene ese aire altivo. Es una máscara, una especie de armadura de autodefensa. Se protege de posibles ataques y problemas antes de que lleguen, no da opción. Cuando la vayas conociendo, te irá gustando más.

Me quedé callado. Estaba claro que mis primeras y mis segundas impresiones sobre la gente no tenían ningún valor. No tenía buen ojo para conocer a las personas. Me había pasado lo mismo con Elsa, que me dio miedo cuando la vi, y ahora con Karin. A partir de entonces, tendría a todo el mundo en cuarentena antes de emitir una opinión, aunque solo fuera para mí.

Aquella noche, cuando me acosté, estuve pensando en Karin. Mejor dicho, pensaba en cómo habría reaccionado yo ante algo como lo que le había pasado a ella. Nunca se me había ocurrido reflexionar sobre una cosa así. Cuando estamos bien, parecemos invencibles, invulnerables, nos parece mentira que en un segundo, en unas décimas de segundo incluso, podamos perderlo todo. Un accidente, una caída, un golpe y podemos dejar de ser tal y como nos conocemos. En un instante de azar nos podemos convertir en unos extraños para nosotros mismos. Nos asaltan otros sentimientos, otras reacciones, palabras inesperadas, actitudes que poco antes hubiéramos recriminado en los demás. Aprender a vivir con el miedo de poder caer y perder toda capacidad de movimiento, toda independencia, convertirse en alguien absolutamente vulnerable, dependiente de otras personas, eso le pasaba a Karin y se había acostumbrado a ello. Se le había agriado el carácter, había dicho Erik, ¿y a quién no? Se había puesto una máscara de autodefensa, ¿y cómo podría ser de otra manera? ¡Cuántas veces juzgamos a los demás cuando se muestran ariscos y antipáticos sin saber lo que hay detrás de cada uno!

Me costó dormir, pero no soñé con Karin, como tal vez me habría gustado. Soñé con una película en la que las dos protagonistas, que son idénticas y se llaman igual, miran unas pequeñas bolas de cristal con las que suelen juguetear. Una de ellas ve un teatro de marionetas. En mi sueño también había marionetas, pero con las piernas rotas y sin cabeza. Cuando desperté, me dolían las orejas.

8

La caja de la abuela

Al día siguiente fuimos a casa de la abuela de Erik sin avisar. Llegamos a mediodía, y Elsa nos invitó a comer. La artimaña del virus informático funcionó. Erik fue al despacho, entró en el correo para no levantar sospechas y me dejó solo con ella en la cocina.

—Ya sé que has conocido a Karin —me soltó de repente—. Encantadora, aunque intenta disimularlo.

—Sí... Muy guapa.

Yo no sabía qué decir. Y cuando me pasaba esto, se me ponía una cara de bobo que no sabía si convenía o no a nuestro plan.

—Una chica normal. El año pasado tuvo un accidente en las montañas. Lo ha pasado mal. ¡Ya está la comida! Vamos a la mesa. ¡Erik! Deja el ordenador y ven al comedor. Luego continúas.

Erik entró en el salón con cara de haber tenido que pensar mucho para liquidar el supuesto virus.

—Ya está solucionado, abuela. No ha llegado a entrar, pero si llegas a abrir dos de los mensajes de origen desconocido que tenías, la habrías liado.

Erik me hizo un gesto con la boca; por supuesto, no había ningún mensaje infectado.

Yo me sentía mal por engañar de esa manera a la abuela.

—Estupendo, muchacho, ¿había algún mensaje de Ángela? Son los únicos que me interesan, ¿sabéis? Ella siempre me cuenta cosas entretenidas —nos dijo como en un susurro, como si quisiera evitar que alguien la escuchara.

—Sí, hay dos más de ella. A ver si un día me dejas leerlos. Cambiando de tema —pensé que iba a sacar el de la fotografía, pero no—, ¿cómo has sabido que hemos visto a Karin?

—¿A Karin? ¿Qué Karin? No conozco a ninguna Karin —era asombroso cómo la memoria hacía lagunas en el cerebro de Elsa de forma tan aleatoria. Me dio un escalofrío.

—Mi amiga Karin, abuela. Bueno, es igual. La comida está muy rica, abuela. Esta sopa de pescado te sale siempre muy bien.

—Es de sobre, muy fácil de hacer, solo añadir agua, leche y ya está —nos sorprendió Elsa—, podéis probar en casa.

Erik me miraba impaciente, se le habían acabado los temas de conversación, no estaba en vena. Había llegado el momento de hablar de la fotografía.

—Me gustan mucho esas fotos que tiene en la pared —dije.

—Sí, a mí también. Me gusta estar rodeada por los que ya se han ido. Es una manera de mantenerlos vivos, me hacen compañía —comentó, mientras miraba con ojos de oscura nostalgia los rostros enmarcados de las fotos.

—¿Esta está tomada el día de la fiesta nacional, un 17 de mayo? —preguntó Erik.

—A ver..., sí, mira, estamos con las banderas. La niña soy yo, con las coletas y los lazos. Era una muchachita muy presumida, ya entonces me gustaba cuidarme el pelo, me lo cepillaba decenas de veces cada noche. Había leído en alguna revista que había que cepillarlo hasta cien veces antes de dormir, pero nunca llegaba a tanto, me dolían los brazos antes y lo dejaba. Esta es mi madre. Está preciosa con su vestido de encaje. Era azul, aquí no se ve porque la foto es en blanco y negro. Entonces, no había fotos en color. Es extraño que las imágenes del pasado estén siempre en gris, como si no hubieran existido los colores. ¡Y vaya si los había! Fueron días felices. Luego llegó la guerra... Todo cambió. Ya no hubo días en que estuviéramos todos juntos. Todo se volvió gris. Papá murió, mamá enfermó poco después y también murió. Mi hermano, ¿dónde estará? Hace mucho que no lo veo. Y yo..., yo tenía el pelo precioso en esa época.

De pronto, se quedó callada y me miró intensamente.

—¿Cómo dices que te llamas, jovencito?

—Arturo, señora, me llamo Arturo —contesté.

—Arturo... Arturo, te llamas como...

—Sí, abuela, como el rey Arturo, el de la Mesa Redonda —interrumpió Erik.

—Sí, eso es, como el rey Arturo... —y siguió comiendo su sopa de pescado.

Casi había olvidado la caja.

—Esta jarra de plata de la foto es la misma que tiene sobre la mesa pequeña, ¿no? Es preciosa —dije, para abonar el terreno.

—Sí, era de mi abuela, trabajada a mano, muy hermosa. Pronto pasará a Inger y luego a Erik.

—Y estáis tomando el té en las mismas tazas en que nos serviste el otro día, ¿verdad, abuela? —preguntó mi amigo.

Yo me acordaba del cuento de Caperucita con tantas preguntas y una abuelita de por medio.

—No, el servicio de mi madre se debió de perder. El que tengo ahora era de los padres de mi marido. Ya solo quedan tres tazas, cuatro platos y la lechera un poco desportillada. ¡Toda la gente y todas las tazas que se nos van rompiendo por el camino de la vida... como los amores!

Los ojos de Elsa se iban tiñendo de cierta tristeza. Pero ahora tenía que intervenir yo.

—En una mano tiene una bandera noruega, y la otra está apoyada en... parece una caja, ¿no? —de sobra sabía que era una caja, la misma que había tenido en mis manos unas horas antes.

—Déjame ver. Ah, sí. Es verdad. La caja azul. Sí, mamá guardaba sus joyas ahí. Se la regaló mi padre una noche de Navidad. ¡Dios mío, hace ya tantos años de todo!

—¿Y qué fue de la caja, abuela? —preguntó Erik.

—¿La caja? ¿Qué caja?

Elsa volvía a tener un vacío o, al menos, eso parecía.

—Mírala bien en la foto, abuela, esa caja que tocas con tu mano izquierda —le insistió Erik—, el joyero de tu madre, ¿qué pasó con ella, con la caja?

—Mamá guardaba allí sus cosas, luego era yo quien guardaba mis secretos allí. Sí, mis viejas cartas, las que no quería que nadie leyera, como ahora con el correo electrónico, que tampoco quiero que me lo leas, Erik.

—Y no lo hago, abuela.

—Ya, pero acabas enterándote de quién me escribe. Menos mal que ahora ya no tengo muchos secretos que guardar.

—¿Y hace años, abuela, tenías secretos que guardar? —le preguntó Erik.

—Secretos... seguro que sí; de jóvenes todos tenemos secretos que no contamos a nadie, ni a nuestros mejores amigos. ¿Tú no tienes secretos, Erik? ¿Y tú, jovencito, cómo has dicho que te llamabas? Ah, sí, Arturo, ¿tú no tienes nada guardado por ahí?

Erik y yo nos miramos. Pensé en Karin y en que tal vez ella y Erik tenían algo que ver y que la abuela lo sospechaba. Elsa se salía un poco por la tangente. Entre sus problemas de memoria y las pocas ganas que tenía de hablar de la caja, aquello no iba por buen camino.

—No, señora. Soy transparente como un vaso de agua —le dije, intentando ser ocurrente.

—No todos los vasos son transparentes. Mira, este es más bien opaco. Me lo regaló Ángela, es veneciano, como ella.

Ángela y Venecia, ambos nombres juntos me trajeron recuerdos de algo que había leído no hacía mucho, pero esa es otra historia.

—Abuela, yo tampoco tengo secretos. Quizás eso sea más cosa de chicas, ¿no? Siempre se están contando cosas.

—Precisamente, si se los cuentan es que no son secretos. Lo que se guarda uno dentro es aquello que nunca debería saberse —repuso Elsa.

—Así que, cuando eras una jovencita, tenías muchas de esas cosas que no deben ser contadas, ¿no, abuela?

—Sí, supongo que sí, muchas cosas... —y miró la vieja fotografía—. Como vosotros, aunque no queráis admitirlo. Por ejemplo, ¿por qué habéis venido hoy a verme, si ya estuvisteis aquí ayer? Nunca me visitas tan seguido, Erik, y con un amigo aquí, sinceramente, me parece raro.

En efecto, Elsa podía empezar a sospechar.

—Ya te lo hemos dicho, abuela, el virus del ordenador. Me habían mandado un mensaje que alertaba de uno nuevo y he querido comprobar que todo estaba en orden —Erik daba de nuevo la explicación mentirosa que habíamos inventado.

—Pero si ayer ya viste el correo por la tarde y estaba bien. ¿Cuándo has recibido el mensaje de aviso? ¿Esta mañana? ¿Y has pensado en mí inmediatamente? Me parece raro, la verdad.

Elsa era muy lista, eso era evidente.

—Erik vio ayer un mensaje que podía ser sospechoso. En un principio, creyó que era un archivo mandado por su amiga... ¿Cómo se llama? ¿Ángela? Y al saber que había un virus por ahí, quiso comprobar que todo estaba bien —me limité a repetir las palabras de mi amigo, lo que no era demasiado inteligente.

—Ya, ya, bueno, ¿queréis un poco de tarta? Todavía queda un poco de la de ayer —preguntó, mientras se levantaba con los platos sin querer nuestra ayuda.

—Sí, buena idea, abuela.

Volvió con la tarta y con los platos de postre. Erik y yo nos miramos otra vez. Ahora o nunca.

—Elsa...

—Abuela...

Los dos a la vez.

—¿Sí? —Elsa no sabía a quién de los dos mirar.

—Abuela, no nos has dicho qué pasó con la caja de la fotografía —fue Erik el que se decidió.

—No sé, supongo que la tiraría. Seguro que estaría demasiado vieja y me desharía de ella. Era bastante grande y este piso demasiado pequeño. No sabría dónde meterla —no parecía que nos estuviera mintiendo.

—Pero era muy bonita, nadie se deshace de un objeto tan hermoso, con esa greca de madera tallada y la cenefa de latón repujada todo alrededor —dije.

Me mordí los labios inmediatamente. Acababa de meter la pata.

—¿Y tú cómo sabes que tenía una greca de madera tallada y una cenefa de latón repujada? —preguntó Elsa, mirándome por encima de sus gafas color violeta.

—Pues..., bueno..., está ahí, en la foto, se puede ver, ¿no? —no sabía qué decir ni cómo salir airoso sin que Elsa descubriera la verdad.

Elsa se acercó a la foto, la descolgó y empezó a observarla con una gran lupa con la que se ayudaba a veces para leer las letras pequeñas. No se distinguía la cenefa por ningún lado, y menos que fuera de madera, y menos aún que estuviera trabajada.

—No veo nada, realmente no se ve nada. ¿Cómo habéis sabido...? —nos preguntó muy extrañada.

—Abuela, tú misma lo mencionaste hace un rato —mintió Erik—. Nos explicaste cómo era.

—¿Yo hice eso? ¿Estáis seguros? —nos miraba a uno y a otro, incrédula.

Erik le había mentido en algo tan delicado como su memoria para salvarnos. Me sentí miserable, aunque no tanto como debía sentirse mi amigo por haber hecho algo tan feo.

—Sí, abuela, la describiste antes. Arturo tiene buena memoria —y se mordió la lengua. Estaba metiendo la pata una y otra vez sin parar. Yo quería desaparecer.

—Ya... Pues sí. Era bonita, pero la tiré..., supongo.

—¿Y qué cosas solía guardar allí? —pregunté, después de que nuestro corazón hubiera vuelto a la normalidad.

—No recuerdo, tal vez cartas o alguna joya o mi diario, ¿quién se acuerda? Hace ya muchos años que no la tengo.

Elsa se puso a comer un pedazo de tarta.

—Abuela —empezó a decir Erik mientras tomaba la foto entre sus manos y simulaba observarla atentamente—, parece que la caja tiene un doble sistema de cierre: un candado y una combinación. ¿También tiraste la llave?

—¿La llave? La llave... —Elsa a veces repetía las palabras dos veces, debía ser para retenerlas mejor en su castigada cabeza—. Supongo que sí, que también la tiraría. O quizás...

—¿Quizás...? —continuó Erik el interrogatorio.

—Quizás la dejé en la cabaña. Allí tenía un gran baúl donde solía dejar las cosas que ya no me servían, pero que me daba pena tirar —le contestó Elsa.

—¿En la cabaña? ¿En el viejo arcón del comedor? —le preguntó Erik.

—No, en ese no, en el del dormitorio. La habitación que ahora usan tus padres y que antes era la mía. Allí, debajo de una de las camas, hay un baúl con un montón de cosas. Eso si tu padre no se ha empeñado en tirarlo. Es de los que todo lo tiran. Y en esta vida hay que guardar. Inger lo habrá intentado conservar, pero tu padre, si no había nada medieval, lo habrá tirado. ¡Demasiado moderno si no es de los vikingos! Esa es su consigna.

Parecía que Elsa recordaba perfectamente los detalles del baúl. Pero ¿y la cabaña? ¿Qué era la cabaña? No la habían nombrado en todos los días que llevaba allí. No tenía ni idea. Y hablaban de dormitorios y de comedor y todo. O sea, que no era una cabaña como la del tío Tom ni como las de los tres cerditos.

—Abuela, ¿así que crees que si vamos a la cabaña podremos encontrar la llave de la caja?

—Puede ser, Erik, pero dime una cosa: ¿para qué queréis una llave de una caja que ya no existe? —preguntó Elsa con una mirada muy pícara.

—Bueno, abuela, imagínate que encontramos la caja también en la cabaña —me sorprendía con qué facilidad iba mintiendo Erik.

—No, Erik, eso es seguro, la caja no está en la cabaña. De eso sí que estoy segura. La habría visto. Además, ya os he dicho que la tiré —afirmó sin titubear.

Elsa fue muy tajante. Pero si ella había tirado realmente la caja, ¿quién la había encontrado y después enterrado en el jardín? Supongo que fue eso mismo lo que Erik pensó en aquel momento porque preguntó:

—¿Recuerdas dónde enterr..., quiero decir, dónde tiraste la caja?

—No, hoy no me acuerdo, intentaré hacer memoria. Tal vez la próxima semana, cuando volváis por aquí, lo recuerde. Pero en la cabaña no, eso seguro.

—Bueno, ya te contaremos si encontramos algo. Arturo y yo habíamos pensado pasar el fin de semana allí, ¿verdad? Ahora tenemos otra buena razón para ir.

Erik seguía mintiendo, engarzaba una mentira tras otra. Se había metido en una espiral que iba engordando más y más. Me preguntaba qué diría Elsa cuando se enterara de que teníamos la caja en casa y de que la habíamos estado engañando de aquella manera.

Nos despedimos de ella y regresamos en las bicis. Miraba a Erik, y él miraba solo la rueda delantera. No se cayó de milagro. Cuando llegamos a casa y entramos en nuestra habitación, le mostré mi ira.

—¡Pero cómo se te ocurre! ¡Engañar así a tu pobre abuela! ¡Valerte de sus problemas de memoria para hacerle creer que ella misma nos había dicho cómo era la caja! ¡Es alucinante!

—Vale, vale, Arturo. Tienes razón —admitió, enfadado consigo mismo—. Ya sé que el fin no justifica los medios, pero no se me ocurrió otra cosa, me salió así, sobre la marcha. Me he aprovechado de algo horrible. Si se entera mi madre... Lo dije sin pensar. Creí que empezaba a sospechar y solo me vino eso a la cabeza; creo que ni siquiera lo pensé en el momento. Mientras lo iba diciendo, me iba dando cuenta de que estaba haciendo una canallada. No se lo digas a mi madre, por favor. Lleva muy mal lo de la enfermedad de mi abuela. Creo que nunca me lo perdonaría.

Por supuesto que no le dije nada a Inger. Erik tenía suficiente con su propia conciencia; lidiar con uno mismo es lo peor que nos puede pasar. Erik era consciente de que había hecho algo repudiable, pero ya no había remedio. Aquella noche no pudo dormir. Yo tardé en hacerlo y no oí su respiración acompasada; de hecho, casi no le oía ni respirar. Me desperté varias veces. En mis sueños había cajas enterradas, Karin con las gafas violeta de la abuela, la tarta de almendras con aceitunas por encima, Elsa que nos perseguía con una sartén en la mano y cara amenazadora. Cada vez que me despertaba, Erik seguía sin dormir. No le dije nada más sobre el tema, ni aquella noche ni nunca más. Mi amigo tenía bastante consigo mismo.

9

Una cabaña en las montañas

Dos días después nos fuimos a la cabaña. Llegamos por la noche, bueno, es un decir, porque a las once de la noche todavía era de día. Habíamos cogido un autobús hasta Meldal, que es el pueblo a cuyo distrito pertenece aquella zona. Desde allí nos esperaban siete kilómetros por el valle hacia las montañas. Nuestras bicicletas iban cargadas con las mochilas llenas de víveres para pasar el fin de semana.

—No te quejes —me dijo Erik—. En invierno sí que es duro: de bicicleta nada de nada; todo está helado y lleno de nieve. Los últimos kilómetros hay que hacerlos esquiando. Y cuesta arriba.

—Pues no sé cómo lo hacéis —repuse.

No me imaginaba a mí mismo con los esquís puestos subiendo tal desnivel y con la mochila a la espalda.

—Ya sabes lo que dicen de los noruegos, que nacemos con un esquí en el pie.

—¿En el derecho o en el izquierdo? Esta subida ya se hace difícil así, conque en invierno debe ser la leche —le contesté.

—¿La qué? —preguntó mi amigo. Otra vez había hecho una traducción directa del castellano al inglés, y el resultado no tenía sentido.

—Nada, no me hagas hablar, que si no no puedo pedalear, se me va la fuerza.

Erik no dijo nada y continuó más despacio para que yo le pudiera seguir. Cuando llegamos al final del sendero, dejamos las bicis e hicimos el resto del camino a pie.

—¿Y vamos a dejar las bicicletas aquí sin atar? —pregunté, extrañado.

—Evidentemente. ¿Qué crees, que nos las va a robar alguien? Aquí no sube nadie que no venga a las cabañas. Nadie viene a robar —me contestó Erik, bastante extrañado.

—Cualquier día os van a robar hasta los cuadros más famosos de los museos. Sois demasiado confiados. Pensáis que todo el mundo es bueno, y no es así —comenté, mientras dejaba mi bici atada en un árbol con un cordón.

—La verdad es que una vez sí que entraron a robar en nuestra cabaña, pero estuvo bien el robo, sí...

—¿Cómo va a estar bien el robo, Erik? Dices cosas muy raras —mi amigo emitía de vez en cuando comentarios muy chocantes.

—Pues es verdad. Entraron y nos robaron una botella de *whisky* de mi padre y la televisión. Fue estupendo. Sobre todo lo de la televisión. En la cabaña no hace ninguna falta —dijo mi compañero, todo convencido.

—¿Te parece bien que te robaran la tele? —pregunté, extrañado.

—Claro. Este no es un lugar para ver la tele. Aquí el espectáculo está en la naturaleza, y algunos adelantos de la técnica están de más.

¡Y lo decía convencido!

Preferí callarme para no discutir con él. En aquellos momentos, sus comentarios me parecieron absurdos. Pocas horas después cambiaría radicalmente de opinión.

Anduvimos unos cien metros más, cruzamos el río y ¡allí estaba la cabaña! Tan escondida que pocos pasos antes no se la podía ver. Tenía el color de la tierra, y el tejado estaba todo cubierto de hierbas y musgos, de modo que se camuflaba perfectamente dentro del bosque. Erik abrió la puerta de la entrada, detrás había una segunda puerta, y su llave estaba escondida bajo el felpudo. Entró y encendió un par de velas que iluminaron el interior: muebles antiguos parecidos a los que tenía Elsa en su casa, una estufa de hierro, tapices en las paredes. Sobre la chimenea había uno que me llamó especialmente la atención: una princesa rubia (la corona dorada la delataba) sentada junto a un árbol y frente a un dragón.

—Es una escena de la mitología nórdica. El árbol es un símbolo de sabiduría, de luz; el dragón, de oscuridad. Lo tejió una amiga de mi abuela a la que nunca conocí. Mañana lo verás mejor todo con la luz.

—¿No hay luz eléctrica? —inquirí.

—Sí, viene de la placa solar que hay en la fachada oeste, pero hay que conectar las baterías. Lo haré mañana. Ahora tenemos que descansar, ¿no te parece? —sugirió.

—¡Ah, el que no estaba cansado por la subidita! —exclamé.

—Nos merecemos un buen reposo, ¿no crees? El día ha sido largo. Hay dos habitaciones. Esta es la de mis padres. Puedes dormir en ella, yo dormiré en la mía.

—¿Y el arcón de tu abuela?

—En tu habitación, debajo de la cama. Pero ni se te ocurra empezar a buscar. Ahora a dormir, mañana será otro día —ordenó mi compañero—. Además, tiene llave, yo sé dónde está, y tú no. Así que nada de nada.

Me extrañaba que Erik fuera tan tranquilo a la hora de investigar. Pero esta vez había una razón evidente: la noche estaba bastante clara, pero no lo suficiente para encontrar algo en un arcón. Y no había luz eléctrica en la cabaña. Solo un pequeño panel de energía solar para emergencias. La ventana era muy pequeña para evitar el intenso frío del invierno y la habitación estaba oscura a medianoche. Efectivamente, mañana sería otro día. El arcón y la llave podían esperar.

—Está bien, Erik. Buenas noches.

—Buenas noches, Arturo, el sonido de la cascada te ayudará a dormir. Es como un arrullo. Tu ventana da justo encima, es una gozada.

Era verdad. Lo único que cortaba el silencio era la voz de las aguas, una voz que sonaba fuerte en el torrente junto al que estaba situada nuestra cabaña. Me dormí enseguida, mecido por la eterna canción del río interminable.

Empezaba a pensar que Erik tenía razón al decir que era estupendo que hubiera desaparecido la televisión.

10

La búsqueda de la llave misteriosa

A la mañana siguiente nos levantamos temprano, no diré que al amanecer porque no llegó a anochecer, pero estuvimos en pie muy pronto, entre las siete y las ocho. Ambos estábamos deseosos de encontrar la llave.

—Abramos el arcón y veamos qué nos depara.

Erik se agachó debajo de mi cama y sacó un baúl ancho, pero bastante plano. No tenía ninguna cerradura. Erik me había engañado, igual que hacía con su abuela.

—¿Y la llave para abrir el arcón? ¿No dijiste anoche que solo tú sabías dónde estaba?

—Si no te lo llego a decir, hubieras empezado a buscar y no habríamos dormido ni tú ni yo —dijo mientras levantaba la tapa sin mirarme.

—Vale, pero intenta no mentir cada vez que abres la boca —dije.

—¿Qué sugieres, que soy un embustero? —me preguntó en un tono casi amenazador.

—No, no sugiero nada, pero es que últimamente he visto que mientes con mucha facilidad —le contesté, preocupado.

—Basta, Arturo, si he mentido en mi vida dos veces, han sido las dos de las que has sido testigo y víctima, respectivamente. No lo hago nunca, de verdad —y empezó a revolver en el arcón.

—Pues para no tener mucha práctica lo haces muy bien, ciertamente. Eres muy convincente. Pero vale, dejemos el tema y concentrémonos en la llave. ¿La has encontrado?

—¿Qué te crees? ¿Que esto es llegar y ya está? Pues no, aquí hay muchas cosas y hay que mirar todo.

Nos pasamos un buen rato sacando, observando y mirando concienzudamente todos los objetos del baúl y no encontramos ni rastro de la llave.

—Pues aquí no está —resopló Erik—. Nada. Viejas ropas, libros, cacharros de cobre sucios, calendarios de antes de la guerra. Nada, de llaves nada de nada.

—¿Qué crees, que tu abuela nos ha engañado conscientemente? —le pregunté a mi amigo.

—No, seguro que no. Tampoco es que lo dijera con absoluta certeza. Sugirió que podía ser que estuviera aquí, pero no afirmó nada. No se acuerda. Si tiró la caja hace muchos años, tal vez tirara la llave también. Y si no se acuerda de lo de ahora, ¿cómo va a recordar lo que pasó entonces? —Erik estaba preocupado.

—Su enfermedad selecciona recuerdos de manera aleatoria —le expliqué—. Puede no recordar mi nombre aunque se lo hayamos repetido veinte segundos antes, y puede acordarse de lo que ocurrió hace setenta años.

—Pues está claro que de la llave no se acordaba —dijo Erik al tiempo que volvía a meter parsimoniosamente y bien ordenadas todas las cosas que había ido sacando del arcón—. Quizás la llave esté en otro lugar de la cabaña.

—O quizás no, pero puede que aquí encontremos una pista. ¿Y si tu abuela nos ha mandado a este lugar a sabiendas de que no íbamos a encontrar la llave, pero sí la pista que nos llevara hacia ella? ¿Y si su memoria no estuviera tan mal como aparenta? ¿Y si nos estuviera utilizando para que averigüemos algo de lo que ella no se acuerda y quiere acordarse?

Me salió todo seguido, sin pensarlo previamente. No se me había ocurrido hasta entonces esa posibilidad, y estaba claro, por la cara que puso, que a Erik tampoco. Tal vez, Elsa quisiera recuperar una parte de su memoria a través de nosotros. Sabía algo, su memoria estaba formada por islas de recuerdos que la asaltaban en medio de una gran laguna. Con esas islas podía formar parte de su pasado, pero no todo. Quizás esas islas le daban algunas claves para hallar el resto de la tierra firme de su juventud. Y ese resto es el que quería que nosotros recuperáramos para ella. Sí, seguramente eso era lo que Elsa pretendía. Las piezas que teníamos no encajaban bien juntas, las colocáramos como las colocáramos. Teníamos un juego difícil de jugar, y pocas, muy pocas piezas.

El resultado, de momento, fue que dejamos de buscar durante todo aquel día y nos dedicamos a pasear y a observar a los pájaros. Erik me explicó sus diferentes cantos, en qué se diferenciaban los machos de las hembras, cómo hacían los nidos y ese tipo de cosas. Luego estuvimos mirando el suelo, no para buscar ningún tesoro, sino para ver el colorido de los diversos tipos de musgos y líquenes, que iba del blanco al rojo, pasando por verdes, grises, ocres y anaranjados. Aquello no se parecía en nada a la vegetación del monte donde iba los domingos con mi familia. Mi amigo conocía bien el terreno. Diferenciaba todas las especies de árboles, de flores, de plantas. Todo. Me daba una envidia colosal. Yo, como buen hijo de ciudad, urbanita, como dicen algunos, no tenía ni idea de la naturaleza. Lo más, alguna excursión excepcional por los Pirineos, en coche y con la merienda de casa. Nada parecido a vivir dentro de la naturaleza como un miembro más, que era lo que suponía formar parte de una cabaña noruega. Me parecía que llevaba allí toda la vida, y no habían pasado ni veinticuatro horas. Sentía algo muy especial al estar en aquel espacio. Tanto que por un buen rato se me olvidó que habíamos ido a encontrar la llave de cierta caja que llevaba años enterrada en el jardín y que parecía que había esperado hasta mi llegada para ser reencontrada.

Ya no me importaba ni la caja, ni que el resto de mi familia estuviera en una atestada playa del Mediterráneo, ni que mis amigos hubieran ido a estudiar inglés a Inglaterra, ni que me encontrara en aquel remoto lugar, aislado en medio de un bosque, rodeado de montañas y con un silencio roto solo por los pájaros y por el murmullo del agua. Me sentía en el paraíso.

11

Los libros de la cabaña

La verdad es que para un chico de ciudad como yo, la vida en la cabaña resultaba de lo más exótico: el váter fuera de la casa y sin cadena que tirar, el sonido de la cascada como una nana que me ayudaba a quedarme dormido cada noche. En el recodo del arroyo, el agua se oía correr a pequeños borbotones, serena, sin una brizna de aire que la conmoviese. Parecía que el tiempo estuviera detenido en la época de los vikingos, incluso antes: de hecho, la joya de aquella cabaña de madera era una piedra redonda, gris, trabajada, con una hendidura en todo su perímetro, que tenía más de 6.000 años y que habían encontrado cuando construyeron los pilares de la vivienda.

—Aquí hubo habitantes en la prehistoria —decía Erik, orgulloso.

Y no me extrañaba. Yo también hubiera elegido un lugar como aquel para vivir, en medio del valle, entre las montañas, con un suelo lleno de frutas del bosque para ir cogiendo y hacer con ellas mermeladas como las que preparaban la madre y la abuela de mi amigo y de las que había una buena muestra en la despensa. No hacía falta frigorífico: un armario con ventilación a pocos centímetros del suelo bastaba para mantener frescos los alimentos, incluso la leche del desayuno.

—¿No te aburres? —me preguntó por la tarde Erik, preocupado por tenerme entretenido.

—No —le contesté, extrañado por la pregunta.

Me parecía que allí siempre había algo que poder hacer o que poder sentir. Pensé que era más fácil aburrirse en la ciudad, entre avenidas llenas de gente, o en una casa con horribles programas de televisión y juegos de ordenador. Allí tenía delante de mí nada más y nada menos que toda la naturaleza: podía dar cortos paseos con la certeza de que no iba a encontrar a nadie, solo pájaros y huellas de animales sobre el suelo de musgos y humus que llaman *myr*. Los renos, ciervos, zorros y roedores raramente se podían ver, pero dejaban su impronta sobre el siempre húmedo terreno. El viento sonaba en las hojas de los abedules y de los pinos. Las gotas de lluvia al caer se fundían con el agua del río: dos aguas, la del cielo y la de la tierra, que se juntaban en húmedos e infinitos besos acuáticos. El suelo de mil colores. El crepitar de la leña en la estufa que encendíamos cada tarde cuando bajaba la temperatura.

—¿Aburrirme, Erik? Con un par de ojos, un par de oídos y un par de piernas, nadie en su sano juicio se podría aburrir aquí.

—Es la novedad, Arturo, después de una semana sin una ducha caliente y sin ver a nadie, las cosas cambian. No solemos estar aquí más de tres días sin bajar a la ciudad. Ni mi padre, que es un solitario empedernido, aguanta aquí más.

—Pues yo creo que podría vivir meses enteros sin bajar a la civilización —le contesté, convencido.

—Nadie lo hace. Necesitamos de esas cosas mínimas a las que nos hemos acostumbrado: el mercado del pueblo y sus víveres, el periódico y sus noticias, la ciudad y los amigos. La vida primitiva de las cabañas está bien como contraste con la civilización, pero no olvides que no somos hombres primitivos y que estamos inmersos en un mundo que progresa constantemente. Ni tú ni yo podríamos vivir aquí, aislados de ese mundo en el que para nuestra suerte o para nuestra desgracia hemos nacido —Erik a veces se ponía filosófico.

—Yo podría vivir con muchas menos cosas de las que tengo —afirmé, categórico.

—Piensa un poco, Arturo. Para venir aquí has necesitado un tren, tres aviones y luego un autobús. Eso implica un engranaje de personas, carburantes, sistemas informáticos, mecánica, física, matemáticas, limpieza, administración... Un sinfín de teclas que deben encajar para formar la música de esa orquesta que es la vida en sociedad. Sin todo eso, es decir, sin un porcentaje elevado de la humanidad, simplemente no podríamos estar aquí juntos, tal vez ni siquiera hubiéramos nacido en un hospital. ¿Te has parado alguna vez a pensar en toda la gente que hay detrás del hecho de nacer? Desde el cantero que sacó las piedras para el hormigón de los cimientos del hospital, hasta el cirujano que le hizo la cesárea a tu madre, pasando por todos los técnicos y profesionales de todo tipo necesarios para construir el edificio y para hacer que funcione hasta el bisturí. No, Erik, todos necesitamos de todos. No podemos pensar en vivir aislados en nosotros mismos. Este es un buen lugar para descansar, para disfrutar de la naturaleza y de la paz; pero no es más que un contraste con el mundo cotidiano. Lo importante es poderlo hacer parte de nuestra vida cotidiana también y exprimirlo cada segundo que estamos aquí. Aunque sea estupendo no tener televisión.

Tal vez Erik tenía razón. Pero en aquellos momentos seguí pensando que no había un lugar mejor en todo el mundo para pasar la vida. Estaba entusiasmado como pocas veces antes. Todo me parecía maravilloso. Mis ojos se pusieron a recorrer el interior de la cabaña. Fue entonces cuando se posaron en unos libros que estaban apoyados en una de las mesas.

—¿Qué libros son estos? —le pregunté a Erik

No eran libros de tamaño y forma normales: eran muy grandes, cada uno como un álbum de fotos de boda. Uno tenía las tapas de madera con engarces de cobre, el otro las tenía de metal con una inscripción repujada, el tercero era de piel y más grueso. Parecían muy viejos. Me levanté y abrí uno de ellos, aquel cuyas cubiertas eran de madera: todas sus páginas estaban escritas a mano por diferentes personas, a juzgar por las diversas caligrafías; también había recortes de periódicos noruegos y alguna que otra fotografía, así como dibujos que el tiempo no había sido capaz de borrar. Miré expectante a mi amigo.

—Son los *hyttebok* —me contestó, y me quedé como estaba, sin saber qué era aquello.

—¿Qué son los *hyttebok?* —le recordé a mi amigo que no sabía su idioma.

—Son los libros de la cabaña. Cada vez que venimos o viene un invitado, se escribe lo que ha pasado durante la estancia, se cuentan anécdotas, adónde hemos ido, qué hemos hecho, cuántos kilos de arándanos o de *multe* hemos cogido, si hemos visto algún reno, en fin, esas cosas. Antes de irte, tú también tienes que escribir tu experiencia en la cabaña.

Se me pusieron los ojos como platos. Si allí se escribía lo que ocurría, si aquello funcionaba como un diario de a bordo, entonces...

—Entonces..., tal vez aquí...

—¡Diablos! —exclamó Erik mientras se levantaba y me arrebataba el libro de las manos, todo excitado—. Entonces, quizás mi abuela escribió algo relacionado con la caja. ¿Y si estuviera aquí la clave de todo?

Se oyó un ruido tremendo del viento. Se estaba levantando una tempestad. Erik dejó el libro otra vez en mi mano y salió corriendo a recoger las tumbonas en las que poco antes habíamos estado tomando el sol. Hubo un cambio de temperatura radical, como suele ocurrir en las montañas, y se había encolerizado el viento. Puse el cuaderno sobre la mesa y salí para ayudar a Erik. Empezaban a caer hojas de los abedules, y el río las iba deslizando corriente abajo. Comenzó a llover, y con la lluvia muchas más hojas iban cubriendo el río, cada vez más caudaloso. Nos quedamos un rato en el porche, mirando el agua de la lluvia y la del río.

—Parece que las nubes y los vientos no quieren que descubramos qué hay escondido entre las páginas del cuaderno —le dije en broma y con una sonrisa de oreja a oreja a Erik.

—No es para reírse. Demasiada casualidad, ¿no te parece? Dejaremos el libro ahí quieto —repuso él.

¡No podía ser! ¿Erik creía en fantasmas? ¿De verdad pensaba que algún espectro desconocido había provocado aquella tormenta de agua y viento que estábamos contemplando? Parecía un chico normal y muy racional. No le pegaba nada aquella actitud.

—No lo dirás en serio, ¿verdad? Tú no crees en espíritus, ¿o sí? —lo miré incrédulo. Aquello no podía ser cierto.

—No es para reírse. No digo nada más. El libro se queda ahí, ¿de acuerdo?

—Está bien. Los libros se quedarán ahí. Nada más que hablar —le dije, poco convencido.

Por supuesto que se quedarían ahí, pero solo de momento.

Al día siguiente, la tempestad había terminado. Ya durante la noche salió el sol, y así permaneció. Mi cabeza seguía dando vueltas a aquellos libros y a la tormenta. Estábamos desayunando nuestro tazón de cereales con leche fría y nuestras rebanadas de pan con diferentes tipos de mermeladas de Elsa y un queso marrón que sabía a leche condensada. Ninguno de los dos decía una palabra. Nos mirábamos en silencio. No sé lo que pasaba por la mente de Erik, pero seguro que tenía también que ver con los libros.

—No sé lo que pensarás, pero yo voy a ver lo que dicen esos libros. ¿Y si contuvieran la pista que buscamos? —le pregunté, tajante.

—No digas tonterías, Arturo, no entiendes el noruego, y los libros están escritos en mi lengua. Me necesitas, no puedes investigar solo —me contestó sin dejar de mirar su tostada—. Pero tienes razón, yo también estaba pensando en ello. Veamos las piezas que tenemos en nuestro rompecabezas: una caja con un doble sistema de seguridad; mi abuela, que no se acuerda de casi nada, pero sí de que en la cabaña debería estar la llave; una llave que hemos buscado sin éxito. Pero no hay que olvidar que llave y clave quieren decir lo mismo, y esto es así en español, según creo, en inglés y también en noruego. Es decir, que cuando la abuela hablaba de la llave, tal vez se refería a llave con el significado de clave, esto es, de solución a un enigma. Esto quiere decir que quizás en la cabaña vamos a encontrar la clave para abrir la caja enterrada. Si no hemos encontrado la llave que abre el candado, tal vez lo que podemos encontrar es la clave para conseguir la combinación de la cerradura. O sea, que deberemos buscar unos números.

Me sorprendió la reflexión de Erik. He de reconocer que ese juego de palabras no se me había ocurrido. Me dejó atónito. Recuerdo que en aquel momento pensé que mi amigo debía haber pasado toda la noche reflexionando sobre el acertijo de la doble llave. Lo felicité.

—¡Caramba, Erik! Tienes razón, eso es. Clave es lo mismo que llave. Seguro que...

Pero Erik no me dejó continuar, me interrumpió para seguir con su disquisición. Estaba inspirado por una nueva musa de la investigación y no podía perder el hilo.

—Y los números tienen que estar escritos en algún lugar. ¿En cuál? ¿En qué lugar se escriben los acontecimientos de la cabaña y todas las cosas importantes? En los libros. En esos que están ahí y que ayer descubriste. Y lo hiciste en el mismo instante en que se desencadenó la tormenta. ¿No lo entiendes? Es muy extraño, pero parece como si la tormenta de anoche hubiera sido una señal.

Mi amigo decía lo de la señal y la tormenta tan serio como lo de la pista de los libros. No podía ser que creyera en señales meteorológicas. Una cosa es que en la Biblia aparezcan esos signos como avisos divinos, y otra cosa es que todas las fuerzas de la naturaleza estuvieran pendientes de dos chicos como nosotros, envueltos en la resolución de un enigma familiar, intrascendente para la humanidad. Erik era un chico serio, muy realista y además noruego: no podía ser, definitivamente no podía ser.

—Erik, pero ¿tú no pensarás que...?

Me volvió a interrumpir. Parecía haberse transformado en un oráculo cuyas palabras fueran dictadas por un dios sabio que conocía las respuestas a todos los misterios.

—Ni pienso ni dejo de pensar. Lo que está claro es que en el mismo momento en que íbamos a mirar en los libros, empezó la tempestad. Quizás haya un secreto que no deba ser desvelado y tal vez alguien pueda ofenderse.

—¿Alguien? ¿Quién? —era yo el que hacía las preguntas al modo de Elsa.

—¡Y qué sé yo! En cualquier caso, nos arriesgaremos y miraremos en los libros —dijo Erik en un alarde de valentía—. Nunca he creído en fantasmas. No voy a empezar a hacerlo ahora, ¿no te parece?

—Pero te recuerdo que serás tú el que los lea, que eres el que los entiende —de esa manera, la furia de los espectros, si los hubiera, no se desatará sobre mí, pensé.

—Está bien, no puede ser de otra manera. No vamos a contratar a un lector por horas, ¿no te parece?

Nos sonreímos por primera vez en toda la mañana, nos levantamos de la cocina, recogimos los restos del desayuno y fuimos al salón.

Allí estaban los libros, sobre la mesa del escritorio, en el mismo lugar en que los habíamos dejado cuando comenzaron a desatarse todos los vientos. La verdad es que aquella tormenta había sido como la entrada en escena del buque fantasma del holandés errante.

—Empezaremos cronológicamente y buscaremos. Mira, este es el más viejo. Está fechado en 1923 y llega hasta 1933. La abuela nació en 1926. Eso quiere decir que aquí no hay nada.

—¿Por qué no? Tu abuela tenía siete años en 1933, bien pudo escribir algo —repuse.

—Sí, algo sin duda, pero piensa un poco, Arturo. Con siete años, una niña no puede escribir algo interesante —Erik podía ser así de tajante. No estaba de acuerdo con sus comentarios, pero le dejé seguir—. Este otro va desde 1934 hasta 1944. ¡Vaya! Dura más tiempo que el anterior. En este periodo escribieron menos, ¿por qué sería?

—De 1934 a 1944. Coge casi todo el periodo de la guerra. Seguro que no subieron a la cabaña mientras duró la ocupación —dije, orgulloso de mi deducción.

—Muy bien, Arturo, eso pudo ser. La guerra. La abuela mencionó la guerra, ¿verdad? ¿No fue el día del cumpleaños de mi madre?

—Sí, creo que sí. E Inger dijo que Elsa se había marchado al norte después de la guerra. Tal vez volvió en 1960, en ese momento empieza el último volumen. Entonces, ya había nacido tu madre, ¿no? Vendría a la cabaña con toda la familia, incluido tu abuelo, y habrá textos escritos por él, ¿no?

—Sí, eso será fácil de averiguar. Todos los escritos se fechan y se firman; así sabemos después qué ha pasado, cuándo y a quién —me explicó Erik.

—Bueno, pues a empezar, ahora te toca a ti leer —le dije mientras me sentaba cómodamente, dispuesto a verlo trabajar en la lectura de la historia de su cabaña, que nos debería llevar no sabíamos muy bien hacia dónde.

Erik comenzó por el segundo volumen, el que empezaba en 1934 y terminaba en 1944. Si había una clave, debería estar ahí: era la época de la guerra, que coincidía con la adolescencia y la juventud de Elsa, tal vez los momentos más propicios para los secretos. ¿O no?

Mi amigo me iba traduciendo algunos de los comentarios que mucha gente había ido escribiendo durante años en aquellos papeles, ya amarillos por el paso del tiempo. Su bisabuelo siempre escribía sobre el tiempo que hacía, tenía obsesión por los litros cúbicos de agua que caían cada mes. Dedujimos que tenía un pluviómetro en el tejado. La madre de Elsa, en cambio, escribía sobre las frutas del bosque que recogía en agosto y con las que ella también fabricaba mermeladas. Allí estaban las recetas de algunas tartas de frutas y, cómo no, la de la tarta del príncipe, la tarta de almendras que era la reina en las reuniones de Inger y de Elsa. Un tal Olav también escribía a menudo. Al principio, Erik no lo identificó, hasta que leyó algo sobre no sé qué rey vikingo y lo reconoció como su tío abuelo, al que no había conocido, pero del que había oído hablar. De vez en cuando aparecía Elsa. Le gustaba contar qué libros leía mientras estaba en la cabaña y, sobre todo, a qué montañas había subido. Eran especialmente interesantes los episodios escritos en invierno, con la nieve, cuando había que subir los últimos kilómetros esquiando con las mochilas a la espalda. A Elsa le gustaba salir a esquiar sola y recorrer el cauce del río, helado y rodeado de árboles. Contaba que muchas veces podía oír cómo el agua se deslizaba debajo de la capa de hielo y nieve que cubría el río. Era la señal inequívoca de que la vida continuaba debajo de aquel manto blanco. También hablaba de las huellas que los animales dejaban por la noche sobre la nieve y que por la mañana a Elsa le gustaba identificar: liebres, faisanes de montaña, zorros, roedores de varios tamaños, de vez en cuando las huellas más profundas de algún reno que había bajado hasta el valle para encontrar musgos bajo la nieve, la única comida que podían hallar en invierno.

Elsa era una amante de la naturaleza, y sus comentarios eran casi un estudio de la vida animal, la flora y sus sentimientos llenos de alegría y deseos de vivir. Aquella estaba resultando una manera fascinante de conocer un poco más a aquella mujer a la que ella misma no conseguía acceder a través de su malhadada memoria. Erik estaba alucinado. También para él era un descubrimiento.

A partir de aquellos momentos, empezamos a ver lo que teníamos a nuestro alrededor con los ojos de Elsa. Los libros nos devolvían su mirada del mundo. Era maravilloso.

Y lo era hasta tal punto que nos estábamos olvidando de encontrar, incluso de buscar, nuestra clave-llave.

—Mira, aquí cuenta cómo subió hasta la cima de la montaña que vemos desde la colina. Sola, esquiando. Dice que llegó exhausta, pero feliz. Escucha —y Erik me leyó las palabras que Elsa había escrito—: «Llegar hasta la cima ha sido una bendición. No había nadie, no había tampoco viento. Solo un frío intenso que parecía llegar paradójicamente desde el sol que me miraba. Me sentí grande y pequeña a la vez: grande porque había conseguido llegar; pequeña porque allá arriba me di cuenta de las dimensiones del mundo y de que yo no era nada más que algo muy pequeño en medio de otras pequeñeces que, juntas, formaban algo inmenso. Me senté a pesar del frío y lloré. Mis lágrimas se congelaron sobre mis mejillas. Me las quité, parecían cristalitos que se deshicieron pronto entre mis guantes. Yo era como aquellas lágrimas, tan frágiles y minúsculas que desaparecían con solo tocarlas, y tan mágicas como para salir calientes de mi cuerpo y helarse unos segundos después al entrar en contacto con el aire exterior. Grandes y pequeños, así somos. El secreto de la vida consiste en darnos cuenta de ello».

Erik me miró con los ojos emocionados. Creo que en ese momento se arrepintió más que nunca de haber engañado a su abuela.

—«Grandes y pequeños, así somos», tu abuela es una mujer sabia, Erik.

—Sí que lo es. Tal vez solo pretendía que nos diéramos cuenta de eso. Tal vez, esa sea la clave de todo —repuso.

—Esa es la clave de todo, efectivamente, pero nosotros investigamos algo que no es todo, sino una parte de ese todo; por eso, nuestra llave ha de ser otra. Hay que seguir —ordené.

—¡Si al menos supiéramos qué estamos buscando! —exclamó Erik, a quien la lectura del ascenso a la montaña le había dejado bastante tocado.

—Buscamos números, Erik. ¡Números! En algún lugar tiene que haber escritos números —le dije, intentando mostrar autoridad en la materia.

—¡Números hay en todos los sitios, Arturo! Si no me sugieres otra cosa... —parecía disgustado.

—¿Números? ¿Dónde hay números? ¿Dónde están? —le pregunté. A veces parecía que no se enteraba de nada.

—Pues en las fechas, ¿dónde van a estar? Cada texto tiene escrita la fecha en que fue escrito, el día, el mes y el año. Es el sistema, pero eso ya lo sabíamos —me explicó, casi enfadado.

—¿Cómo que eso ya lo sabíamos? Lo sabrías tú, pero yo no.

—Te lo había dicho —replicó Erik.

—Pues no había caído en la cuenta. ¡Claro! ¡Eso es! ¡Las fechas! Los números de la combinación de la caja son las cifras de una fecha. Ahí está la clave —exclamé, satisfecho de haber dado con la solución al enigma.

Me levanté y empecé a dar vueltas por la habitación, muy ufano y muy orgulloso de mí mismo.

—¿Cómo no se nos había ocurrido antes? —me pregunté en voz alta.

—Puede que tengas razón, tal vez la combinación se esconda entre los números de las fechas. Solo hay un pequeño problema, querido amigo —me dijo Erik con mucha parsimonia, mientras se levantaba de la silla en la que llevaba varias horas sentado.

—¿Sí? ¿Cuál? —pregunté, ingenuo.

—Se te ha olvidado un pequeñísimo detalle, Arturo.

—¿Cuál? —no se me ocurría a qué se podía referir Erik. A mí me parecía que estaba todo muy claro.

—Pues muy fácil: aquí hay decenas de fechas diferentes. Estamos casi como al principio —suspiró.

—Tú lo has dicho: casi como al principio. Ahora tenemos decenas de combinaciones, antes eran infinitas. Algo hemos delimitado el terreno, ¿no te parece?

—Hay que delimitarlo más. Tiene que haber una fecha en la que pase algo muy, pero que muy especial. Cuando la encontremos, si es que estás en lo cierto, habremos hallado la clave —mientras iba diciendo esto, cogió la gorra y se la puso en la cabeza con la visera hacia atrás, algo que, por cierto, nunca he llegado a entender. Enseguida sustituyó las zapatillas de deporte por botas de montaña—. De momento, un respiro. Por ahora, basta de investigación. Tengo la cabeza como un bombo. ¿Damos un paseo?

—¿Un paseo? ¿Adónde? —le pregunté, curioso.

—¿Qué tal si subimos la montaña de la abuela?

12

En la cima de la montaña

Los noruegos suben montañas con la misma facilidad que nosotros paseamos por la avenida principal de nuestra ciudad. Yo no había subido nunca hasta ninguna cima. Mis paseos por el monte se limitaban a los pinares cercanos a mi barrio y poco más. Paseos con cantimplora y bocadillo.

—No te preocupes, no vamos a subir el Everest —me dijo Erik cuando vio la cara que ponía mientras me colocaba mis botas—. Esa montaña está ahí, detrás de esas colinas. Yo la subo varias veces cada verano. Es un paseo.

—¿De cuánto rato? —le pregunté.

—No sé, depende de tu forma. Los niños y las abuelas la suben en dos horas y media; normalmente, yo tardo poco menos de dos horas.

—¿Los niños y las abuelas? Anda, no te pases. Subir montañas es para gente que está en forma. No sé si yo...

—Vamos, Arturo, no seas exagerado, que te repito que no es el Everest, es poco más que una colina. Además, hay buen tiempo, no se ven nubes por ningún lado, eso quiere decir que no lloverá; por tanto, no necesitamos ni chubasqueros ni ropa extra, solo los jerséis en la cintura por si acaso. Nos llevamos mi mochila pequeña con unos bocadillos y nada más. Anda, ¿estás preparado?

—¡Qué remedio! —exclamé, y me abroché los cordones de las botas mientras él cortaba el pan y el queso. Nos pusimos en marcha.

Reconozco que mi forma dejaba mucho que desear. La Educación Física siempre se me dio mal en el colegio, y lo mismo en el insti. Me había apuntado a balonmano en el equipo de la escuela, pero era tan malo que siempre estaba en el banquillo. Desde que llegué a Noruega, es verdad que dábamos paseos con la bici, pero de ahí a lo otro me parecía que había un mundo.

El sendero comenzaba poco después del fin del camino de las cabañas. El terreno era muy húmedo y, aunque no había llovido en los últimos días, las botas se hundían en el suelo, lo que dificultaba enormemente la marcha y la hacía especialmente pesada. Anduvimos durante más de media hora por zonas húmedas. Solo cuando emprendimos el ascenso, la tierra empezó a estar más seca. Bueno, es un decir, porque a cada tramo nos encontrábamos con riachuelos que venían directamente de la cumbre y que había que ir cruzando. Mis botas no eran demasiado buenas y llevaba los pies mojados dentro de los calcetines. Pero no me importaba. Erik iba siempre veinte o treinta metros delante de mí y solo de vez en cuando se volvía para ver si le seguía. Me preguntaba si hubiera hecho lo mismo si Karin hubiera estado con nosotros. Seguimos subiendo. Conforme íbamos estando más cerca de la cima, nos íbamos topando con neveros, zonas de nieves perpetuas de las que surgían algunos de los arroyos. De pronto:

—¡Mira, Arturo! ¡Huellas!

—¡Huellas! ¿De qué animal? Hay muchas.

—Son de reno. Mira, probablemente una familia. Viven todo el verano en las partes más altas de la montaña, buscan el fresco —Erik sabía todo lo concerniente a los animales nórdicos.

—¿Crees que los veremos? —pregunté. Tenía ganas de ver un reno. Llevaba ya más de dos semanas en Noruega y aún no había visto ni alces ni renos.

—Difícil. Si nos han olido, lo más seguro es que hayan huido. Aunque nunca se sabe, a veces se dejan ver.

—¿Y no se cansan nunca de subir y de bajar? —le pregunté a la espera de que decidiera parar para descansar un rato.

—No son como tú, Arturo. Venga, no te sientes o luego no te querrás levantar. Y no protestes tanto. Cuando llegues, te sentirás muy bien. Y no es tanta subida. Los campesinos de la zona suben este monte antes de desayunar —dijo, irónico, mi «amigo».

No le contesté. Seguí andando. Al fin y al cabo, si los renos podían, ¿por qué no iba a poder hacerlo yo?

Nos costó más de las dos horas y media que, según Erik, tardaban las ancianitas en subir. En total, casi tres horas de subida. Llegué exhausto, agotado. Menos mal que podíamos beber el agua limpia y sin contaminar de todos los arroyos. Estaba fresca y daba gusto poner la mano en forma de cazo para retener la poca agua que no se escapaba entre mis dedos y llevármela a la boca. Estaba claro que no necesitábamos cantimplora, teníamos toda el agua del mundo para nosotros solos.

Hacia la mitad de la expedición dejamos de ver árboles. En esa parte del mundo, solo crecen hasta los mil doscientos metros de altura, así que, en los últimos cuatrocientos metros de subida, nuestra única compañía vegetal eran los arándanos, algunos arbustos, brezo que todavía no había empezado a florecer y los diferentes tipos de musgos, que eran el manjar preferido de los renos. Pequeñas, muy pequeñas flores coloreaban aquella alfombra natural acá y allá: campanillas azules; flores de mantequilla, cuyos pétalos amarillos tienen el brillo de la cera; la verónica, de cuatro pétalos azul mar; el nomeolvides, que crece en ramilletes de minúsculas florecillas azul cielo, y muchas más cuyos nombres desconozco. Como el camino era escarpado, iba mirando siempre el suelo por miedo a caer, así que observaba sobre todo el terreno que iba pisando y sus contornos. En ningún momento miré detrás de mí, de modo que no era consciente de lo que tenía a mi alrededor.

—¡Por fin! —exclamé, cuando vi el montón de piedras apiladas que constituían la señal de la cima de la montaña.

—Vamos, Arturo, un último esfuerzo, diez pasos más y habrás conseguido tu primera cima —para Erik aquello era pan comido.

Llegué al punto más alto. ¡Santo Dios! ¿Cómo podría describir lo que estaba viendo? Desde el punto más alto se veía toda la cordillera: altas montañas llenas de nieve que brillaba con los rayos del sol de mediodía; los riachuelos de nuestra montaña, que salían de debajo de nuestros pies y formaban decenas de cascadas que no podíamos oír; decenas de pequeños lagos en las laderas; masas verdes que salían de la piedra. Todo un mosaico de colores y texturas. Y por encima, solo el cielo, que seguía sin tener ninguna nube.

Me acordé de Elsa y del ascenso a la montaña que había descrito en el cuaderno. Ella había subido esquiando, nosotros lo habíamos hecho a pie. El resultado era parecido: yo también me sentía grande y pequeño al mismo tiempo. Grande porque había hecho algo de lo que no me creía capaz unas horas antes, porque podía abarcar con mi mirada un pedazo de la tierra muy diferente al de todos los días y al que mi familia estaría viendo en aquel momento en una aburrida playa llena de arena. Pequeño porque, comparado con el resto del mundo que estaba viendo en aquel momento, me sentía como un grano de esa misma arena, insignificante: nadie que estuviera abajo, en el camino, nos podría ver; nosotros ni siquiera veíamos el sendero más cercano a la cima. La inmensidad en que estábamos inmersos no nos dejaba ver los pequeños detalles. En aquellos momentos sentí que el mundo era infinito y que cada uno de nosotros y nuestros problemas no eran sino bagatelas, cosas sin importancia. No éramos mucho más que la hoja de un árbol o que el pétalo de una flor. Nada más que eso. ¡Nada más y nada menos!

—¿Qué, Arturo? ¿Cómo te sientes? ¿Valía la pena el esfuerzo o no? —me preguntó Erik.

No podía contestarle. Mi respiración era rápida aunque tranquila, pero me faltaban palabras que pudieran ser lo suficientemente descriptivas para hablar de lo que veía, de cómo lo veía y de cómo lo sentía.

—Vale, no digas nada. La abuela lo expresó bien, ¿verdad? ¿Sabes? Yo he subido muchas veces a esta montaña y cada vez es distinta. La luz cambia, los colores del suelo, los neveros que nos encontramos, todo. Pero esta vez me da la impresión de que es muy diferente. ¿Y sabes por qué? —creía que sí lo sabía, pero le dejé continuar—. Es por mi abuela. Después de leer lo que escribió, veo la montaña y toda la cordillera de otra manera. Es como si las estuviera mirando a través de sus ojos, de su mirada. Tenía más o menos nuestra edad cuando escribió aquello. Es como si hubiera querido que subiéramos esta montaña para verla como ella la vio.

—Sí —acerté a contestarle—. Es como si quisiera que fuéramos reconstruyendo sus pasos, lo que vivió en aquellos momentos. Todo lo que no puede recordar es lo que nosotros estamos viviendo ahora. Parece que quiera que lo sintamos así.

—Sí, eso creo yo también —abrió la mochila y sacó los bocadillos, que engullimos en silencio y ávidamente—. Recapitulemos —continuó y se quitó la gorra, como si así le fueran a llegar más fácilmente las ideas desde algún recóndito rincón del universo—. Hemos encontrado una caja que le perteneció. No recuerda qué hizo con ella, pero cree que la tiró en algún lado. No sabemos cómo, pero la caja llegó al jardín. Mi abuela nos ha mandado a la cabaña para encontrar la llave, que no es sino la clave de la combinación de la cerradura. Todavía no la hemos encontrado. Pero cada vez tengo la impresión más fuerte de que tan importante como hallar la solución es vivirla.

—Que es lo que estamos haciendo —le interrumpí—. Elsa no nos ha dicho: «Tenéis que subir la montaña», pero la hemos subido; tampoco nos ha dicho que la combinación está en las cifras de las fechas, pero lo hemos descubierto a través de las pistas que nos ha dado.

—O eso es lo que creemos. Lo de las fechas todavía no está claro —reconoció Erik—. En fin, una cosa que querría es que ahora no estuviéramos pensando en la caja, sino en lo que tenemos delante de nosotros. Volveremos a la caja cuando regresemos. Ahora contempla el panorama. Relájate y disfruta.

Así lo hice. Ambos nos giramos hacia la parte oeste y de pronto:

—¡Mira! —Erik apuntó hacia un pequeño lago que había cien metros por debajo de nosotros.

—¡Renos! —grité, excitado.

Era la primera vez que los veía. Se trataba de un grupo de cinco, tres machos jóvenes y dos hembras. Los machos lucían sus cornamentas con sus cuellos tan erguidos que no parecían esforzarse en soportar todo aquel peso. Habían terminado de beber y empezaban a caminar por un nevero como el que habíamos visto antes con las huellas.

—Has tenido suerte, Arturo, no es fácil verlos, y menos así, en grupo. Una subida provechosa, ¿no te parece?

Sí me lo parecía. El ascenso a la montaña me había enseñado que había una fuerza en mí que desconocía. Y también que era capaz de quedarme quieto y contemplar lo que tenía alrededor. Pero, sobre todo, me había hecho darme cuenta de que no soy el ombligo del mundo, que es algo que solemos creernos, sino una página más en el libro infinito del universo. ¡Ah! ¡Y había visto un grupo de renos!

—Bueno, vamos a firmar y bajamos. Yo quiero comer, la subida me ha dado hambre, ¿a ti no?

—Sí, claro, también. ¿Firmar? —¿qué íbamos a firmar allí arriba?

—Sí, el diario de la montaña —y buscó entre las piedras que formaban el montículo coronado por una bandera noruega—. Aquí está.

Erik extrajo una lata de entre las piedras, la abrió y allí había un cuaderno y dos lapiceros. Había muchos nombres. Desde el primer día del año, que fue cuando cambiaron el cuaderno, 789 personas habían llegado hasta allí, la mayoría venían del pueblo. Erik puso la fecha, su nombre y el de su ciudad. Ese día habíamos sido los primeros. Luego me pasó el diario y yo hice lo mismo. Me sentí orgulloso de inscribir mi nombre allí. Me parecía que había hecho algo importante. Me sentí grande. ¡Y yo que creía que había aprendido una cura de humildad al sentirme pequeño ante la inmensidad! Mi orgullo de adolescente seguía siendo mayor que mi proceso de conocimiento del mundo.

13

Buscando una fecha extraviada

Regresamos a la cabaña sin más novedades. Íbamos sudando por el esfuerzo de la subida y por el calor. En la cabaña no había ducha. Cuando se construyó, tales inventos modernos no existían, y si tenemos en cuenta que no había agua corriente, es fácil comprender que las duchas especiales para lugares como aquel tardaran en llegar. Además, la familia de Erik, como la mía, era poco proclive a las modernidades. Y esto era así en muchos sentidos, y no solo en el de las investigaciones científico-arqueológicas de nuestros padres. Estábamos en la Edad Media.

Así que hicimos lo que tal vez hubieran hecho los vikingos o aquellos habitantes de la prehistoria después de un día de caza: nos bañamos en el río. Puede parecer muy normal, pero allí no lo es tanto: el agua baja directamente de los lagos de la montaña y está muy fría. Gélida. De todos modos, nos desnudamos y nos metimos como dos valientes guerreros. Cuando salimos después de no más de un minuto, todo se nos había quedado muy pequeño. Hasta... los pensamientos.

Comimos el contenido de una lata con carne de reno en forma de albóndigas, acompañadas de lo que llaman salsa silvestre. Esta salsa consiste en una base hecha con caldo de huesos y diferentes tipos de quesos mezclados con mermeladas de frutas del bosque. Dicho así puede parecer raro para nuestro paladar. La realidad es que es una exquisitez y que sabe a como sabrían las montañas si las pudiéramos probar. De postre, fresas que habíamos comprado en el supermercado del pueblo antes de subir. Era julio y las *multe* y los arándanos todavía no estaban maduros. Cogimos fuerzas y emprendimos de nuevo nuestra investigación en los libros.

Ahora ya sabíamos lo que buscábamos: una fecha que nos debería ofrecer los dígitos de la combinación de la cerradura. El problema es que no sabíamos qué fecha debíamos buscar. Además, no teníamos la caja con nosotros: era demasiado grande para llevarla en el cestillo de la bicicleta y, además, pesaba demasiado. Así que deberíamos arriesgarnos.

Erik prosiguió con la búsqueda en los escritos de la abuela. Empezó a pasar de largo por lo que había sido firmado por otros personajes y se centró en Elsa. Continuó traduciéndome lo que le parecía más importante.

Me sentía raro: era como entrar dentro de su intimidad, aunque no tanto. Lo que se escribe en el libro de la cabaña es para que sea leído por los sucesivos visitantes, por tanto no había secretos, al menos no de forma abierta, aunque tal vez los hubiera escritos en clave.

—Escucha esto. Aquí cuenta la abuela cómo recogía frutas del bosque, concretamente arándanos. En agosto de 1939 cogió tantos que empezó a hacer mermeladas y hasta un tipo de jarabe para beber.

—¿Jarabe? ¡Vaya! Como el jarabe de rosas —recordé algo que había leído no hacía mucho.

—¿Conoces el jarabe de rosas? —me preguntó Erik, extrañado.

—Bueno, no lo he probado nunca, pero algo he leído en una novela. Mejor dicho, en dos novelas. Debe de estar buenísimo —respondí.

—Está buenísimo. Yo lo he probado en casa de mi abuela. A veces tiene, se lo regala una amiga suya. La próxima vez que la visitemos le pediremos que te lo dé a probar. Alucinarás —dijo mi amigo, encantado.

—Ya alucino. No sabía que existiera, pensaba que era pura ficción. Pero ese es otro tema. Continuemos —realmente no sabía qué pensar de todo aquello.

—Vamos a ver. En la primavera del año 40 volvió a subir la montaña, pero ya no cuenta sus sensaciones, solo menciona el hecho. Subió con una amiga que se cayó y se lesionó una rodilla. Tuvieron dificultades para bajar porque se rompió uno de los esquís con la caída. ¿Sabes?, entonces los esquís eran de madera normal y corriente, casi como los que llevaban en la época vikinga. Aquí hay un salto bastante largo. La siguiente vez que sube Elsa es en agosto del 42. ¡Vaya! Nunca había estado tanto tiempo sin venir. ¡Qué raro! Tiene que haber alguna razón.

—Agosto del 42. 1942, ¿qué pasó ese año? En Europa, la Segunda Guerra Mundial, tal vez... —empecé a decir.

—¡Claro, ya está! ¡La ocupación! El 9 de abril 1940, los nazis ocuparon de la noche a la mañana, literalmente, el país —aquel episodio oscuro de la historia le ponía a Erik los pelos tan de punta como a mí—. En 1942, Noruega estaba bajo la ocupación alemana.

—Y pronto empezaría la construcción del campo de trabajo que había debajo de tu casa —continué—. Con los alemanes por medio, tal vez no había libertad para viajar y poder venir por aquí, ¿no?

—Probablemente. La libertad dejó de existir. Detenían y mataban a mucha gente, deportaron a cientos de judíos, de los que muy pocos sobrevivieron. El rey Olav se exilió a Inglaterra y desde allí organizó la resistencia. Se convirtió en símbolo de la rebeldía y de la libertad contra los nazis.

—¿Te lo ha contado tu abuela? —le pregunté a Erik. En mi país eran los abuelos los que hablaban de la guerra, de la otra guerra, la de España.

—Creo que sí, aunque mi abuela casi nunca habla de la guerra. Ahora no lo hace porque supongo que no se acuerda, pero antes, cuando estaba bien, tampoco. Cuando está ella delante, mis padres tampoco suelen mencionar el tema. Probablemente, debió sufrir mucho —comentó Erik.

Se dio la vuelta otra vez hacia los libros y siguió leyendo. Presentía que estábamos cerca de algo importante.

—¿Qué cuenta tu abuela en agosto del 42? ¿Siguió cogiendo bayas? Esa es la temporada, ¿no?

—Sí, es la temporada, pero no dice nada de que recogiera frutas del bosque ese año. Es extraño, todos los demás años lo hizo, incluso cuenta cuántos kilos había ido cogiendo. En cambio, ese verano nada. En realidad, hay un cambio de tono. No me había dado cuenta, pero al releerlo lo he notado. Comenta que ha subido con su hermano, que su amiga ya no está en la ciudad, que «se fue con los otros en el tren» y que no ha tenido noticias. ¡Qué raro! «Se fue con los otros en el tren». ¿Con qué otros? ¿En qué tren? Lo dice con un hálito de tristeza, con un ritmo pesado, sin la ligereza con que escribía las demás veces.

—¿Cómo se llamaba su amiga? ¿Lo dice en alguna ocasión? —pregunté. Algo se acababa de iluminar en mi cerebro.

—Me parece que sí que lo dice. A ver, sí, aquí, cuando se cae esquiando. Se llamaba Rebeca —Erik seguía sin darse cuenta.

—Rebeca es un nombre judío, Erik. A la amiga de tu abuela la deportaron a algún campo de concentración y se la llevaron en un tren con todos los demás judíos —concluí—, por eso estaba hecha polvo.

—¡Caramba! ¡Es verdad! Rebeca. Y seguro que la mataron y no volvió a saber más de ella.

Erik estaba viviendo aquello de verdad. Tocaba y leía un libro que había estado allí como testigo de los sufrimientos de una guerra. Eso no deja indemne ni siquiera a un cuaderno de papel. Y a Erik aquello le estaba llegando muy adentro. Por eso le dije:

—Erik, vamos a dejarlo hasta mañana. Hoy ha sido un día muy intenso y... —no me dejó terminar.

—Espera, mira lo que dice aquí. El 14 de septiembre de 1942, un mes después de lo anterior, volvió... —y se interrumpió.

—¿Con su hermano? —inquirí.

—No lo sé.

—¿Vino sola? —continué.

—No, no vino sola. Es extraño. Aquí hay una firma ilegible. Vino con alguien, eso es evidente, porque ese alguien dibujó una montaña y un reno con un trazo distinto al de mi abuela y escribió su nombre en forma de garabato. Curiosamente, vuelve a cambiar el tono del escrito. Escucha: «El otoño ha teñido de rojo los suelos de estas tierras: los musgos y las hojas de los arándanos están cada hora más coloreadas. Los abedules están perdiendo sus hojas. Pronto reinará el silencio en el bosque: cuando sople el viento, no tendrá nada con lo que rozarse y el sonido será mudo. Los pájaros se habrán ido al sur de Europa y solo quedarán unos pocos, fieles a su tierra natal. Los ríos callarán también bajo el hielo».

—Vaya, Erik, ha cambiado el tono, pero no es jocoso, ni mucho menos. El paisaje que describe es desolador. En otro momento habla del silencio del invierno como algo hermoso, como un espacio de paz. En cambio, aquí aparece la desolación, la destrucción, la...

—La guerra, Arturo, la guerra. Le duelen el bosque y la traición y el silencio de tantas muertes —mi amigo estaba cada vez más tocado.

—Dejémoslo, Erik, ¿vale? —le sugerí.

—No, vamos a seguir un poco más. Estamos muy cerca, estoy seguro —y volvió sobre los papeles—. Noviembre del 42. Vuelve a subir. Dice que había mucha nieve. No dice si está sola o acompañada. Diciembre de 1942, día 22. Esto es justo antes de Navidad. ¿Por qué subiría en esas fechas? Todo el mundo estaría en la ciudad, con su familia. Nadie celebra la Navidad en las montañas. Se quedó hasta el día 25. ¡Esto es muy raro, Arturo, muy raro!

—¿Vino sola? —volví a interrogarlo. Seguramente, ahí estaba la clave de todo.

—No lo sé. No firma nadie más. Pero no creo que subiera sola en Navidad. En cualquier caso, es raro —Erik tampoco sabía qué pensar de todo aquello.

—¿Qué escribió? —le pregunté.

—Muy poco. Solo dice que el camino estaba difícil porque había nevado mucho y que tuvieron que quitar nieve con la pala para poder entrar porque media puerta estaba tapada —tradujo mi compañero.

—¿Tuvieron? —dije.

—¿Tuvieron qué? —preguntó Erik. No se había dado cuenta, tan absorto estaba.

—Has dicho «tuvieron». Eso quiere decir que ella escribió «tuvimos». Lo que significa que no estaba sola. Subió con alguien a pasar la Navidad. Alguien que probablemente no era de su familia y de quien no habla, ¿te das cuenta?

—Espera, hay algo más. El siguiente texto —Erik estaba tan enfrascado en la lectura que no sabía si hacía o no caso de mis palabras—. Está escrito en enero de 1943, unas tres semanas después de Navidad. Dice: «Ha habido una gran tempestad, se han roto algunos árboles y hemos tenido dificultades para salir a esquiar. Como H. nunca había esquiado antes de venir aquí, se ha caído un montón de veces. No ha querido que lo ayudara, así que se ha quedado un rato tirado en la nieve, hasta que ha conseguido levantarse. Luego, nos hemos reído mucho, ya sentados delante de la chimenea, con una taza de té muy caliente. Mañana volvemos a la ciudad. El permiso se ha terminado».

Erik se me quedó mirando. Efectivamente, Elsa no había ido sola tampoco aquella vez. Había subido con un hombre, un hombre que no sabía esquiar. Ese detalle no pasó inadvertido a mi amigo.

—«No ha querido que *lo* ayudara». Subió con un hombre que no sabía esquiar y que estaba de permiso —repitió.

—¿Y qué tiene de raro que no supiera esquiar?

Yo tampoco sé esquiar, no es tan raro, pensé. ¿Por qué se extrañaba tanto Erik?

—Vamos, Arturo, no hay ningún noruego, ninguno, ¿me oyes?, que no sepa esquiar. Te he dicho en algún momento que aquí tenemos una expresión que dice que los noruegos nacemos con un esquí en un pie. Aquel hombre no era noruego.

—¿Y qué tiene de malo que no fuera noruego? Yo tampoco lo soy y estoy aquí —ahora era yo el que no se enteraba.

—¿Pero es que no lo entiendes, Arturo? ¿Estás tonto o qué? Estaban en guerra. Si no era noruego, ¿qué podía ser? Los extranjeros que había en la ciudad o estaban prisioneros en el campo de trabajo o eran sus carceleros. Si podía salir de permiso es que no era ningún prisionero. Eso quiere decir que era un carcelero, o sea, un ocupante. El amigo de mi abuela era un soldado alemán. Por eso subió con él a pasar la Navidad. Porque su familia no lo admitía. Era un invasor. ¡Mi abuela con un enemigo! No puedo creerlo.

Y cerró el libro que había estado leyendo de un gran golpe. Se levantó y salió de la cabaña dando un portazo. Cuando regresó dos minutos después, solo dijo:

—Mañana continuaremos.

Y se fue a la cama sin cenar. Yo hice lo mismo. No recuerdo lo que pensé antes de quedarme dormido ni tampoco lo que soñé.

Al día siguiente volvimos a los libros. En realidad, lo que nos importaba era encontrar números, y no tanto lo que había ocurrido entre Elsa y el hombre desconocido. Aunque quizás estuviera todo ligado. Eso no lo podíamos saber y tampoco queríamos hacer elucubraciones gratuitas. Erik volvió al texto en que su abuela hablaba de su estancia en la cabaña después de la Navidad. Luego no había nada más, solo escribía otra gente que Erik no podía identificar. Personas tal vez ajenas a la familia. No había ni rastro de Elsa, parecía que la tierra se la hubiera tragado. Era extraño, pero todavía lo era más el hecho de que tampoco nadie hablara de la guerra. Como si los nazis nunca hubieran ocupado Noruega ni después el país hubiera sido liberado ni la guerra hubiera terminado. Ni palabra.

—Esto es muy raro, ¿por qué nadie habla de la guerra? Solo mi abuela antes de desaparecer de la cabaña.

Era muy extraño. Erik terminó de hojear aquel libro y el siguiente. Nada, la abuela tampoco subió a la cabaña entre 1944 y 1960. Empezamos a mirar en el último libro: allí sí que estaba la firma de la abuela, acompañada casi siempre de otra, la del abuelo de Erik. Hasta 1960 no volvió a la cabaña. Tardó casi veinte años en regresar. ¿Cuál sería la causa?

—Mira, aquí aparece mamá. Su letra infantil. Dibuja un sol y unos pájaros.

—¿Qué dice? —pregunté.

—Nada, solo firma y dibuja. Siempre le ha gustado mucho dibujar.

Seguimos todo el día, pero los escritos de la abuela se limitaban a comentar lo que pasaba en la cabaña: las pequeñas obras que habían ido haciendo, las frutas del bosque que recogían madre e hija, los cuadritos a medio punto que le gustaba bordar..., pero nada que pudiera indicar una pista sobre la caja.

El hombre misterioso había desaparecido sin dejar rastro.

—Creo que hay que volver a las Navidades del 42, es ahí donde debe estar la clave —dijo Erik, cerrando el último de los libros.

—Estoy de acuerdo contigo, yo también creo que ahí está todo el meollo del misterio de la vida de Elsa y de su caja —asentí.

Y Erik retomó el segundo libro. Buscó las páginas correspondientes a 1942. Ahí estaba Elsa pasando las

Navidades sola en las montañas, bueno, sola no, con ese alguien del que nada o casi nada sabíamos.

—Veamos las fechas. Si Elsa eligió una combinación para su caja fuerte y esa combinación está entre estas páginas, tiene que corresponder a las fechas en que ocurrió algo especial, diferente, algo que seguramente tiene que ver con lo que hay escondido en el interior de la caja. Algo secreto que está relacionado con lo que aconteció en esta cabaña en un día o en unos días determinados —dije.

—Seguramente tienes razón. Veamos. Ella y el hombre misterioso llegaron el 22 de diciembre y estuvieron hasta el 25. Pasaron aquí las Navidades. Vamos a volver a sus palabras de esos días, quizás diga algo que nos pueda ayudar.

Erik volvió a leer lo que Elsa escribió aquellos días pasados con su acompañante. De pronto dijo:

—Escucha atentamente esto: «Han pasado muchas cosas en la ciudad, pero este no es el lugar para escribirlas. En estos cuadernos solo las cosas hermosas».

—«En estos cuadernos» —repetí—. Eso quiere decir que hay otros cuadernos y que probablemente están en la caja. ¿Qué más dice ese día?

—Nada especial. Habla de sus paseos cerca de la cabaña porque él no sabe esquiar. Espera, aquí dice algo extraño: «Letras, palabras, números: números escondidos para palabras secretas». Parece un acertijo.

—Y tal vez lo sea —opiné. Estábamos cerca de averiguar lo que estábamos buscando—. ¿Qué números corresponden a la fecha en que lo escribió?

—Las fechas son 22 y 25 del 12 de 1942, el día de Navidad —contestó Erik—. Un día muy señalado. Por eso lo marcó especialmente. Mira.

Y Erik pasó con su dedo sobre la fecha. Elsa había escrito aquellos números con una caligrafía más redondeada que el resto. Su pluma había pasado varias veces para recalcarlos aún más. ¡Ahora estaba seguro: ahí estaba la clave!

—Con esos números tenemos que jugar y seguro que encontramos la combinación —afirmé, contundente.

—¿Por qué estás tan seguro, Arturo? —me preguntó Erik con una cara que mostraba toda su incertidumbre.

—Es la única posibilidad. Elsa escribió con trazo fuerte esas cifras no porque fuera el día de Navidad, sino porque escondían el secreto de la combinación de su caja. Tiene que ser así. Comprueba y verás que no es tan minuciosa con ninguna otra fecha. Y, además, esos son los días en que ocurre algo diferente, algo que por alguna razón debería permanecer oculto —le contesté.

—Pero ¿y el 1942? Es un número demasiado alto —dijo Erik, que no estaba tan convencido como yo.

—La suma de esos números da 16. Probablemente, ese sea el cuarto número —mi seguridad al afirmar esto sorprendió a Erik tanto o más que a mí mismo.

El corazón me latía más fuerte que al subir la montaña. Y Erik sudaba a pesar de la temperatura nórdica.

—No sé, Arturo. No sé. 22, 25, 12, 16 —comentó a la vez que movía la cabeza de un lado a otro y sonreía con media boca, como solía hacer—. Es demasiado fácil.

—¿Te parece fácil? Había miles de posibilidades y la propia Elsa nos da la clave con lo que escribe: «Letras, palabras, números: números escondidos para palabras secretas». ¿No lo entiendes? Parece que hace sesenta años imaginara que este momento pudiera llegar y lo dejara todo bien atado ya, por si acaso —supuse.

—¿Por si acaso qué? —preguntó Erik, que no acababa de enterarse.

—Por si acaso tenía problemas con su memoria, por si alguien, como nosotros, podía ayudarla. No olvides que su madre tenía la misma enfermedad. Me jugaría una oreja —expuse.

—¿Estás acaso sugiriendo que mi abuela conoce todo lo que nosotros queremos saber? ¿Crees que nos está engañando? ¿Cómo se te ocurre una cosa así? —Erik parecía ofendido.

—No estoy diciendo que Elsa nos esté engañando. No lo creo. Pero quizás ella quiera saber lo mismo que nosotros —no era la primera vez que le exponía a mi amigo mi teoría sobre nuestra investigación—. Me refiero a que tal vez tu abuela quiere recordar lo que pasó en aquel tiempo. Tiene algunos recuerdos sueltos, pero no la historia completa. Es como el resumen publicitario de una película, que solo muestra escenas seleccionadas, pero no la película entera. Quiere que nosotros la reconstruyamos para ella, para que recupere una parte de su pasado, de su memoria.

Erik se quedó pensativo. Tenía que procesar todo lo que le había dicho, atar cabos y llegar a sus propias conclusiones. Ya habíamos barajado antes esa posibilidad que ahora parecía evidente. Él conocía a su abuela mejor que yo.

—Pero aún nos falta la llave para el candado, no lo olvides. Aunque tengamos razón con los números, todavía tendremos que encontrar la llave —repuso por fin.

—Cuando visitemos a tu abuela con los números, nos dará otra pista. ¿De veras crees que no sabe nada de la caja? —le pregunté.

—¿Crees que mi abuela sabe que tenemos la caja? —preguntó Erik.

—Estoy seguro. Recuerda sus preguntas, muy lúcidas, sobre para qué queríamos la llave de una caja que no teníamos. Por supuesto que no se lo creyó. En su mente asoció la caja con la cabaña y por eso nos habló de ella. De esa manera, podríamos averiguar lo que ocurrió, lo que ella vivió y ha olvidado a su pesar. Elsa quiere recuperar su pasado, algo que la mayoría de la gente tenemos. Elsa no tiene recuerdos y quiere tenerlos. Y como no es un robot como los de *Blade Runner,* a los que se les podía introducir los recuerdos con un chip, somos nosotros los que tenemos que dárselos.

Lo dije todo de corrido. Erik se quedó bastante sorprendido o, al menos, eso me pareció.

—Tiene sentido. Cuando lo comentaste hace unos días, no acababa de creérmelo, pero ahora parece que todo encaja.

Erik se quedó callado un rato. Debió estar meditando sobre mis palabras y sobre todo lo que nos había dicho su abuela en nuestra segunda visita. Después de un buen rato de silencio, se levantó de la silla, volvió a ponerse la gorra como había hecho el día anterior y con las mismas zapatillas de deporte salió de la cabaña sin decirme nada.

La imagen de abuelita desvalida que Erik tenía de Elsa se había desvanecido en los dos últimos días: había leído sus propias palabras en momentos pletóricos de su vida, había descubierto que su abuela no había sido siempre una anciana desmemoriada; además, había salido a la luz que Elsa guardaba algún oscuro secreto en la caja, algo relacionado con aquella cabaña a la que Erik tantas veces había subido sin sospechar que algo que nos era desconocido se había fraguado allí. Lo desconocido es algo que siempre nos asusta, venga de nosotros mismos o de los demás. Y eso le ocurría a Erik: había muchas cosas que no sabía sobre alguien de quien creía saber todo. De repente, parte de su mundo se había desmandado, y eso produce una enorme sensación de confusión y también de soledad. Y hasta de vértigo.

Volvió al cabo de un buen rato. No salí a buscarlo porque sabía que quería estar solo; necesitaba estar solo. Era bueno para él. Cuando regresó, se quitó la gorra y solo dijo:

—Mañana volveremos a casa.

Y se metió en su habitación sin decir nada más y sin cenar, como la noche anterior. Yo sí que cené, la investigación y la excitación por haber encontrado la «llave» me habían dado hambre.

14

Baile de números

Al día siguiente recogimos todas nuestras cosas y emprendimos el viaje de vuelta a la ciudad. Comprobamos que las bicicletas seguían en su sitio, colocamos en los cestillos nuestras cosas y la basura que habíamos acumulado durante nuestros tres días en la cabaña. Teníamos que bajarla en las bicis, luego llevarla en el autobús y de nuevo en las bicis hasta llegar a casa y dejarla en los contenedores. Nunca había sido consciente de cuánta basura podemos llegar a crear los humanos. Es alucinante. Durante el descenso hasta el pueblo me iban llegando los efluvios olorosos de la bolsa que estaba justo delante de mí, lo que hizo que mi estómago anduviera revuelto el resto del viaje. Por fin llegamos. No había nadie en casa. Inger había dejado un mensaje sobre la mesa del comedor: se habían ido Ivar y ella a Creta. Uno de esos viajes de última hora que la agencia deja superbaratos. Lo habían decidido en pocas horas. Como en las montañas no hay cobertura, no teníamos el móvil y no nos habían podido avisar. Y ahora estaban bajo el sol de la más grande de las islas griegas. Erik pareció fastidiado.

—Vaya, se han ido, y nosotros aquí. Siempre había tenido ganas de ir a Creta y se van sin mí. No es justo.

—Bueno, ya irás en otra ocasión —le dije para consolarlo.

—Ya, si no hubiéramos estado en la montaña...

Erik iba a decir que él también habría ido, pero se dio cuenta de que eso significaba que yo podía ser un estorbo. Creo que se arrepintió enseguida incluso de haber pensado en la posibilidad. Además, teníamos en marcha una investigación.

—Bueno, al menos tenemos la caja y toda esta extraña historia de mi abuela. Iremos a visitarla mañana por la mañana. De momento, vamos a comprobar la combinación de la cerradura.

Y se encaminó hacia el despacho de su padre, donde estaba la caja azul. La trajo y la colocó sobre la mesa del comedor. Sacó el papel con las cifras mágicas que había colocado en la mochila.

—Vamos a ver, ¿qué tenemos? Un 22 y un 25 de diciembre, un mes, el 12, un año, 1942, cuyos dígitos suman 16. Probemos en ese orden. Tal vez sea esa la combinación.

Pero en ese momento se oyeron unos pasos.

—Hola, chicos.

Era Karin, que entraba por la puerta de la terraza.

—¡Por fin de vuelta! Ya sé que habéis estado en la cabaña. ¿Lo habéis pasado bien? Arturo, ¿qué te ha parecido nuestra vida primitiva? ¿Te ha gustado el váter?

Nuestras caras de circunstancias contrastaban con la expresión jovial de ella. Se dio cuenta enseguida.

—¿Qué diablos os pasa? ¿Qué estáis haciendo?

Erik la puso rápidamente en antecedentes. Le contó lo del hallazgo de la caja en el jardín, su más que posible conexión con el pasado de su abuela, los libros de la cabaña y los misterios que parecían encerrar. Por último, le contó que estábamos probando la que creíamos que era la combinación correcta.

No tuvimos éxito: 22, 25, 12 y 16, por ese orden, no funcionaban.

—Y ahora, ¿qué? —preguntó Erik.

—Bueno, pues si estáis seguros de que esas son las cifras correctas, tenéis que averiguar cuántas combinaciones existen de esos números —explicó Karin.

—Karin es muy buena en matemáticas, ¿sabes? —dijo Erik, al mismo tiempo que me guiñaba un ojo.

—Es muy fácil, eso lo sabe cualquiera. Tenéis que resolver un problema de permutaciones. Tenéis cuatro números y queréis averiguar cuántas combinaciones posibles de cuatro números existen. Ya está, es muy fácil —contestó Karin, muy segura de sí misma.

—¿Y eso, cómo se hace? —le preguntó Erik.

—No sé cómo diablos has aprobado las matemáticas, Erik. Debería contarle esto a tu profesora —Erik la miró con cara de pocos amigos—. Es broma... Bueno, hay que multiplicar 4 por 3 y por 2. El resultado es 4 por 3 igual a 12 y por 2 igual a 24. Y ya está. Ese es el número de combinaciones posibles: 24 —y nos miró con una sonrisa llena de satisfacción. Quedamos fatal ante ella. Yo no sabía adónde mirar.

—¿Lo intentamos ahora? —sugerí.

—No, ahora no. Llevamos todo el día de viaje y no hemos comido nada. Cenamos y a dormir. Mañana por la mañana empezaremos. Llamaré a la abuela para decirle que iremos a su casa por la tarde a tomar un té. ¿Vendrás tú también, Karin? —le preguntó Erik.

—Mañana imposible. Tengo revisión médica a mediodía. El médico me toca la espalda siempre con tanta energía que me deja sin ganas de nada durante un par de días. No contéis conmigo hasta el miércoles. Bueno, ahora me voy a casa. Quiero ayudar a mi madre en la cocina. Tiene una cena con unas amigas suyas y me ha pedido que le haga una tarta. Voy a hacer la de tu abuela. Siempre es un éxito. Saludos a Elsa de mi parte. Hasta pasado mañana.

La acompañamos hasta la puerta, había venido en su bicicleta. Nos dijo adiós con las dos manos en un alarde de equilibrismo que hizo temblar a Erik.

—No debería hacer eso. Podría caerse.

—Sabe lo que hace, y no solo con las matemáticas. Es una chica estupenda. La primera impresión que me dio fue de creída, ya te lo dije, pero he cambiado de opinión, tenías razón. Es excepcional —dije.

—Sí, y no solo en matemáticas. Su vida es casi una excepción, está en la cuerda floja cada segundo... Bueno, llamaré a la abuela. ¿Por qué no sacas los arenques de la nevera y cortas un poco de pan mientras hablo con ella?

Así lo hice. Los noruegos preparan los arenques de muy diferentes maneras. Y están exquisitos. Los venden en tarros de cristal: los hay con tomate y cebolla, o con mostaza, cebolla y eneldo, o con pimientas de colores, o con nata, o solo con cebolla. Y están de muerte. Me encantan.

Estaba cortando el pan cuando entró Erik en la cocina.

—Mañana a las cinco y media nos espera. Me ha dicho que tiene visita. Ha venido su amiga Ángela, que es italiana. La que le escribe por correo electrónico. Es una mujer muy interesante. La conocerás mañana. Mamá se morirá de envidia cuando sepa que ha estado aquí mientras ellos estaban en Creta —dijo Erik con cierto resquemor hacia su familia, que lo había dejado solo ante el peligro en casa, conmigo.

—¿La que le regaló la máscara africana? —pregunté. No sabía por qué, pero aquel nombre asociado con África y con Venecia me resultaba muy familiar.

—Sí, ella. Vivió en algún país del África Central durante un tiempo. Ahora vive en Venecia. Creo que tiene una casa preciosa —me explicó.

—¿Tal vez un palacio del Renacimiento? —me sorprendí a mí mismo haciéndole aquella pregunta. ¿De dónde me había salido?

—Sí, creo que sí, pero ¿cómo lo sabes? —inquirió Erik, sorprendido.

—Pues..., no sé, me ha salido así. Supongo que es lo normal, vivir en un palacio veneciano en Venecia, ¿no? —contesté un poco aturdido.

—Muy poca gente vive en un palacio en Venecia. En fin, dejémoslo y cenemos, que tengo hambre, ¿tú no?

—Sí —contesté—, mucha hambre.

Nos comimos todos los botes de arenques que quedaban y todo el pan que había, incluido el que estaba congelado en el sótano. Las matemáticas nos habían dado hambre. ¿O tal vez había sido otra cosa?

15

Combinaciones y permutaciones

A la mañana siguiente comenzamos a probar las diferentes combinaciones que teníamos: 24 en total, según el cálculo de Karin. Empezamos después de desayunar y a la hora de comer todavía no habíamos tenido ningún éxito.

—Esto no funciona —exclamó Erik, decepcionado.

—Tranquilo, no desesperes. Quedan todavía unas cuantas posibilidades —lo intenté consolar.

Al cabo de media hora más habíamos acabado con todas las posibilidades sin fruto alguno. La cerradura número uno no cedía.

Seguramente, habíamos cometido algún error. La pista no había sido la correcta o no la habíamos entendido bien o algo pasaba.

—Nada, Arturo. Esto no funciona. Las fechas no tenían nada que ver con la cerradura. Hemos seguido una pista equivocada. Y ahora, ¿qué?

—Pues ahora vamos a ver a tu abuela, seguro que tiene una explicación para esto.

Y emprendimos el camino en bici hasta el otro lado de la ciudad. Nos sentíamos un tanto frustrados. Llevábamos con nosotros todas las cifras escritas en un papel. A pesar de todo, confiábamos en que la enferma memoria de Elsa nos pudiera llevar por el camino correcto.

—Hola, chicos, bienvenidos. ¡Qué sorpresa veros por aquí otra vez! —la abuela no recordaba que Erik la había avisado de nuestra visita la noche anterior. Y él no la contradijo.

—Sí, abuela, hemos estado en la cabaña de la montaña. ¿Recuerdas que estuvimos hablando de la caja que hay en la fotografía de la pared, en la que estás tú de pequeña? —le preguntó Erik para introducir el tema.

—Claro, ¿cómo no me iba a acordar de eso? Pero ahora pasad al salón. Hay otra sorpresa. Ángela, mira, ha venido mi nieto con un amigo suyo. ¿Cómo dijiste que te llamabas, muchacho? Tengo mala memoria para los nombres propios.

¿Solo para los nombres?, pensé. Enseguida me arrepentí de haberlo pensado.

—Arturo, señora, me llamo Arturo —respondí por enésima vez.

—¿Arturo? ¡Qué casualidad! —era la amiga de Elsa la que respondía—. Encantada, joven. ¿Cómo estás, Erik? Veo que has crecido desde el verano pasado. Estás estupendo. Hecho un hombre, sí, y muy guapo. Te pareces a tu abuela.

—Gracias, Ángela, tú también estás muy guapa, pero ¿por qué has dicho que era una casualidad que Arturo se llamara Arturo? —le preguntó Erik mientras le daba un abrazo.

Parecía que se conocían de toda la vida. Y era verdad que Ángela era muy guapa. Tendría unos cuarenta años. Era rubia, aunque su pelo era de un rubio diferente al de los noruegos. Era italiana y recogía su pelo en un moño del mismo estilo que el de la abuela. Tenía una sonrisa que me pareció sospechosa, no sabía por qué, pero sospechosa. Y también vagamente conocida. Llevaba un extraño medallón colgado del cuello. No sabía por qué, pero Ángela me era familiar.

—Bueno, Arturo... —empezó a decir, pero Elsa la interrumpió.

—Ángela está escribiendo una nueva novela y ha venido a Noruega a inspirarse.

—¿De verdad estás escribiendo sobre nuestro país? —le preguntó Erik, que ya se había sentado y daba vueltas a su taza de té. Siempre se echaba mucha azúcar. Era el único noruego al que había visto tomar tanta azúcar en las infusiones.

—Sí, es una novela que trata de la ocupación alemana durante la Segunda Guerra Mundial.

Erik y yo dimos un bote.

—¡Vaya, qué casualidad! —entonces fui yo el que lo dijo.

—Qué casualidad, ¿por qué? —se habían cambiado los papeles, y ahora era Ángela quien hacía la pregunta.

—Pues porque nuestra casa y nuestro jardín se asientan sobre las ruinas de un campo de concentración nazi, ¿lo sabías? —dijo Erik. Por un momento pensé que iba a meter la pata e iba a contar lo que habíamos descubierto en los libros de la cabaña.

—¡No lo sabía! ¿De veras? Eso no me lo habías contado, Elsa —y se dirigió a la abuela, que en ese momento entraba en el salón con una bandeja de bombones.

—¿No? Una laguna de la memoria. Sí, justo allí estaba el búnker de los oficiales alemanes. Era un edificio siniestro, de piedras grises. Por dentro era como un laberinto —explicó Elsa.

—¿Por dentro? ¿Cómo lo sabes? ¿Estuviste allí? —preguntó Erik, no más sorprendido que los demás.

—No lo sé. Tal vez —Elsa titubeaba—. Solo recuerdo cómo era, quizás por lo que la gente hablaba. No sé, no creo que estuviera allí. Bueno, chicos — volvió a interrumpir la abuela—, ¿qué habéis averiguado en la cabaña? ¿Sabes, Ángela? Los muchachos han ido a investigar cómo se abre una antigua caja de caudales que yo tenía de niña, la que hay en esta fotografía —y Elsa la descolgó de la pared para enseñársela—. Han ido a buscar la llave de su cerradura. El caso es que es una caja que no existe. Ya les he dicho que para qué quieren una llave de una caja desaparecida, pero son testarudos y han marchado a por ella.

—Sí, abuela, hemos ido, pero no hemos tenido éxito. La llave no está allí, hasta hemos buscado debajo de la cabaña. Ni rastro. Pero sí que hemos averiguado algo.

—¿El qué? —Elsa era la más curiosa de las dos.

—Hemos encontrado lo que tú escribiste de jovencita en los libros de la cabaña —le explicó Erik.

—¿Lo que yo escribí? —Elsa pareció ruborizarse—. ¿Y qué habéis descubierto?

Ahora era Ángela la que más atenta estaba a las explicaciones de mi compañero.

—Pues que estuviste allí sola poco antes de la Navidad de 1942, que una de tus mejores amigas desapareció durante la guerra y que después subiste con alguien a pasar la Navidad allí, alguien que, además, no sabía esquiar.

Elsa escuchaba a Erik sin parpadear. Me preguntaba qué sentía una mujer a la que se le hablaba de un pasado que difícilmente recordaba. Y quien se lo contaba era su nieto, que había nacido tantos años después de los hechos y que ni siquiera era un proyecto en aquellos momentos. Me parecía que la vida era capaz de regalar instantes tan llenos de ironía que se los podía ahorrar.

—¿La Navidad de 1942? Eso era durante la ocupación nazi —intervino Ángela.

—Efectivamente —contestó Erik—, y la abuela ya no volvió a subir a la cabaña hasta veinte años después. ¿Por qué no volviste?

—Me fui al norte. Había demasiados recuerdos tristes de la ocupación, demasiados muertos cercanos. Mi hermano había desaparecido. Mi padre había sido fusilado por los nazis. Mi madre había muerto... Era todo demasiado horrible. Me marché. No podía soportar tener ante mis ojos todo el horror.

—¿Y en el norte conoció a su marido, el abuelo de Erik? —le pregunté.

—Sí, lo conocí poco después de llegar. Era marino. Nos casamos y meses después nació el hermano de tu madre. Ella aún tardó varios años en llegar. No volvimos hasta mucho después. Pero, entonces, ¿no habéis descubierto cómo abrir la caja?

—Creíamos que sí. Nos pareció que la combinación tenía que jugar con las cifras de las fechas de aquellos días en que subiste a la cabaña durante la guerra. Pero las hemos probado todas y ninguna funciona —fue Erik el que habló.

Nos miramos todos en silencio. Erik había metido la pata. Había descubierto que teníamos la caja. Ángela lo miró expectante. Elsa no daba crédito a sus oídos. Yo me quedé hecho polvo. Nuestro plan estaba por los suelos.

—¿Estás diciendo que tenéis la caja en vuestro poder? —fue Elsa la primera que habló, entre asombrada y esperanzada.

—¿Y no habíais dicho nada? —Ángela intervino a la vez que volvía a acariciar aquel colgante que no podía ver bien.

—Es que —acerté a balbucir, ya que Erik se había quedado mudo— queríamos darle una sorpresa. Averiguar todo y entonces contárselo.

—En cualquier caso —dijo Elsa—, ha sido una sorpresa —no sé por qué, pero siempre he creído que ella sospechó la verdad desde el primer momento—. ¿Y dónde la habéis encontrado, si puede saberse?

—En el jardín —acertó por fin a decir Erik—. Estaba enterrada allí, detrás del rosal silvestre. ¡Así que enterraste la caja y luego te fuiste al norte!

—Yo no enterré la caja —negó Elsa.

—¿Está segura? —le pregunté.

La cara de Ángela iba y venía entre los tres, como si estuviera contemplando un muy particular partido de tenis a tres bandas.

—Completamente. Hace años que no había vuelto a oír hablar de aquella caja. Apenas la recuerdo, pero seguro que no la escondí yo.

—¿Por qué estás tan segura, Elsa? —fue su amiga la que preguntó.

—No puedo trabajar en ningún jardín. No puedo tocar la tierra, tengo alergia a cierto componente químico del suelo natural. No recuerdo su nombre, mi hija se acordará. Jamás he hecho nada ni en ese jardín ni en ningún otro, eso es absolutamente seguro. Solo recoger frambuesas y grosellas. Así que es imposible que fuera yo quien enterró la caja.

—¿Entonces quién...? —pregunté.

—Eso es algo que tendréis que averiguar —respondió Ángela, mientras se acariciaba aquello que colgaba de su cuello. Era un objeto raro, parecía un diente enmarcado en madera. Era extraño, pero también me resultaba familiar. Me lo quedé mirando sin intentar siquiera disimular—. No mires mi escote con tanto descaro, muchacho, sé más discreto —me ordenó.

—No, no miraba su escote, estaba observando su colgante —acerté a decirle, después de notar que me había puesto colorado como un tomate.

—¡Qué poco galante! Podías haberme mentido, me habría quedado muy contenta —coqueteó Ángela.

—Ese medallón... —repetí.

—Es una historia muy larga, te la contaré en otro momento —me cortó con una de esas sonrisas que dejan a un hombre sin respiración. Aunque Ángela podía ser mi madre, reconozco que ejercía una fascinación que resultaba inquietante. Volví a respirar al escuchar de nuevo la voz de Erik, que volvía a nuestro asunto.

—Abuela, ¿en qué otro lugar podría estar la llave? Vamos a aparcar los números de la combinación hasta que volvamos a ver a Karin, quizás ella pueda ayudarnos —dijo Erik.

—¿Quién es Karin? —preguntó Elsa, que volvía a tener otro vacío memorístico.

—La chica del accidente, abuela, mi amiga, es muy buena en matemáticas. Si hay un enigma que tiene que ver con números, ella lo resolverá. ¿Seguro que no recuerdas en qué te basaste para la combinación? Tenemos fechas, cuatro en concreto, pero no parece que hayamos acertado.

—¿Y por qué os habéis empeñado en que las cifras corresponden a fechas? Podrían referirse a otra cosa —dijo Ángela.

—Creo que los chicos van bien encaminados. Mis números secretos solían estar creados a partir de fechas señaladas. ¿Habéis jugado con todas las de los días de Navidad?

—Sí, abuela, lo hemos hecho, mira —y Erik le enseñó el papel donde tenía escritos los números.

—Hay un error, chicos —la abuela podía ser sorprendente.

—¿Estás segura? —Erik no salía de su asombro.

—Probad con el número 20 en vez de con el 22.

Los tres la miramos alucinados.

—¿Por qué con el número 20? —preguntó Erik.

—No sé por qué, pero probad, me ha venido a la cabeza de pronto ese número. Alguna razón habrá —contestó mientras se servía más azúcar en el té.

Yo no sabía qué pensar de la supuesta mala memoria de Elsa. Realmente, no sabía qué creer.

—¿Y la llave, abuela? ¿Dónde puede estar?

—Solo se me ocurre un lugar en el mundo —contestó, enigmática.

—¿Cuál? —preguntamos sus tres receptores al unísono.

—La cabaña de tu abuelo —respondió Elsa, que tenía un día muy lúcido.

—¿La cabaña del abuelo? ¿Qué cabaña? —Erik estaba sorprendido de nuevo.

—La cabaña de la isla. ¿Nadie te ha hablado de ella? Ya no es nuestra. Ahora pertenece al Museo del Mar de Rervik. Tendréis que ir allí y preguntar. Está en un pequeño islote a varias millas de la última isla habitada. Se llama Gjaeslingan. Ese es el único lugar donde, si todavía existe, puede estar la llave de la caja —explicó Elsa.

—¿Por qué lo crees así, abuela?

—Lo creo así, eso es todo —respondió con una media sonrisa, a caballo entre la nostalgia y la complicidad.

Erik sonrió por primera vez en toda la tarde. Podía no ser mala idea que su abuela conociera la existencia de la caja. Eso podía facilitar la investigación.

—Bueno, ¿queréis tomar un poco de jarabe de rosas? Lo ha traído Ángela.

—¿Jarabe de rosas? —pregunté.

—Ya te dije una vez que es pura ambrosía —contestó mi amigo—. Lo hace la propia Ángela y beberlo es como beber una rosa. ¡Es lo mejor que te puedas imaginar!

Aquello era muy raro. Era como una conjunción de lo que se llama en Filosofía *déjà vu*, que son esas sensaciones que tenemos de que estamos percibiendo algo que ya hemos vivido con anterioridad. Pues eso me pasaba a mí desde la primera vez que Erik nombró a Ángela en aquella casa: Venecia, el chocolate del Café Florián, una escritora italiana, el palacete en el que vivía, la máscara africana y ahora aquel colgante que acariciaba de vez en cuando y, además, como postre, el jarabe de rosas. Todo me era familiar, como si lo hubiera leído en alguna novela; pero ahora lo estaba viviendo en una casa de Noruega. No lo estaba leyendo. Entonces, ¿qué me estaba pasando? Para colmo, todo se unía a la suma de números que aún tenían que ser descifrados, y a esa abuelita de la que no se sabía cuándo iba a perder la memoria y cuándo iba a ser más lúcida que todos nosotros juntos. Estaba confuso. Mi cabeza empezó a dar vueltas.

—¿Qué pasa, Arturo? Te has quedado blanco de repente —me preguntó Ángela con cierto toque de ironía o, al menos, así me lo pareció.

—Las matemáticas me marean. Me dan alergia, como a Elsa la tierra del jardín. Es oír o ver muchos números juntos y empiezan todos a bailar en mi cerebro. Creo que está estudiado, es un tipo de patología psíquica. Se llama *numeriosis danzantis*. Le pasa a uno de cada diez mil habitantes en edad escolar, especialmente en Asia, donde son muy amigos de las matemáticas.

Ángela me miraba estupefacta. Nunca había oído hablar de aquella extraña enfermedad de los números. La razón era clara: me la estaba inventando en aquel momento.

—Pero, Arturo, ¿vas a probar el jarabe de rosas de Ángela? —me preguntó Elsa, que por fin se acordaba de mi nombre sin tener que preguntármelo.

—No tengo sed, Elsa —hubiera dado mi mano izquierda por un vaso de agua, pero el jarabe de rosas, la verdad, no tenía ninguna gana de beberlo. Su sola mención me hacía naufragar en un mar en el que la realidad y la ficción se daban la mano. Estaba seguro de que todo aquello lo había leído en algún lugar, pero no acertaba a recordar dónde.

—Vamos, bebe un poco. Verás que está exquisito.

Todos me miraban, había conseguido volver a ser el centro de la atención, cosa que seguía odiando con toda mi alma. Haría de tripas corazón y me lo bebería. ¡Qué más me podía pasar ya! Me llevé el vaso a la boca y bebí. ¡Santo Dios! Estaba... buenísimo. Erik tenía razón, era lo mismo que si me estuviera bebiendo una rosa, cosa que nunca se me había ocurrido que se pudiera hacer.

—¿Tiene propiedades curativas?

No sé por qué lo pregunté. Nunca he estado interesado en las hierbas medicinales, pero fue lo único que se me ocurrió. Era como si un resorte mecánico me hubiera empujado a emitir esa pregunta, como si fuera lo único que podía decir después de mi primer sorbo de jarabe de rosas. Ángela se echó a reír al escucharme. No sabía si se estaba riendo de mí.

—No las tiene —acertó a articular—. Perdona que me haya reído. No es por ti, es que me he acordado de que esas mismas palabras las dijo ya alguien antes que tú. Ha sido una... casualidad. Pero no, solo sirve para disfrutar del olor y el sabor de uno de los seres más hermosos de la tierra. Te estás bebiendo una rosa, ¿te parece poco? —y volvió a echarse a reír—. Disculpa, es que esto que acabo de decir también lo dijo alguien antes de ahora.

Sus palabras también resonaban en mis oídos como algo ya escuchado. ¿Me estaría volviendo loco? Me levanté, cogí la foto y la dejé otra vez en su sitio, en la pared. Quería desviar la atención de mí mismo y devolvérsela a la caja

—Estaba muy bueno, Ángela, exquisito. Ya me dará la receta. Erik, ahora deberíamos irnos. Vamos a ver qué pasa con la nueva combinación de números. Además, tu madre escribió en la nota que te llamaría por teléfono esta noche, ¿no?

Esto último me lo inventé. Necesitaba salir de allí cuanto antes, pero no podía mostrarme grosero. Aquellas personas me caían bien, muy bien incluso, hasta Ángela con sus risas y sus comentarios, que no hacían sino confundirme aún más. Pero quería pasar la página de aquella tarde. Seguro que al día siguiente todo lo vería diferente.

Nos fuimos diez minutos después, cuando Erik hubo terminado su vaso de refresco de rosas.

—Ya trabajaremos en la caja mañana, ¿te parece? —le pedí a mi amigo—. Un número más y podría transformarme en el monstruo de Frankenstein.

—Lo que tú digas. Mañana lo haremos. Ahora a dormir hasta la hora que sea, no pondremos el despertador —anunció.

Y nos acostamos.

Erik tardó en dormirse, pero no tanto como yo, que seguía pensando en todo lo que rodeaba a Ángela por un lado, y a Elsa y la caja por otro. Me costó conciliar el sueño y cuando lo hice volví a tener pesadillas. Soñé con mi hermana Morgana, que se paseaba, vestida con un disfraz de carnaval, delante de un cuadro que no podía distinguir. Luego con un montón de números de colores que bailaban cogidos de la mano, formaban una larga fila y eran fusilados uno detrás de otro por soldados vestidos con un uniforme gris. Todos llevaban el nombre de Arturo en un brazalete color violeta, como las gafas de Elsa, en el antebrazo. Me desperté al ver mi nombre en el sueño. Erik ya dormía profundamente. Me levanté a beber agua. Desde la ventana podía ver el jardín y distinguir los colores de todas las flores. La noche estaba muy clara. Abrí la puerta de la terraza y salí. La humedad de la noche estaba dejando su huella en el césped y sobre las flores. Hacía fresco y solo llevaba el pantalón del pijama. Miré hacia la ventana de Karin. No había luz. Me pregunté si podría dormir la noche posterior a su revisión médica, después de que le hubieran hecho mucho daño en la espalda. Me di la vuelta y entré en la casa. El calor del interior se agradecía después de ese frescor limpio de las noches blancas. Me metí bajo el edredón y me dormí enseguida. Quizás ya no volví a soñar en toda la noche. La brisa había enfriado mis sueños.

16

La llave y la clave

A la mañana siguiente comenzamos con la tarea después de desayunar. Las combinaciones habían variado. Pero esta vez la suerte estuvo de nuestro lado: Elsa había elegido una de las posibilidades más fáciles.

—¡Aquí está! ¡Por fin! —exclamó Erik. Y empezó a dar saltos por la habitación.

Era la primera vez que lo veía tan contento. No solía expresar sus sentimientos de manera tan abierta, pero en aquellos momentos no pudo disimular su alegría.

—¿Cuál era la combinación correcta? —le pregunté.

—16, 25, 12, 20 —contestó.

—Esto apoya absolutamente y sin ninguna duda que lo que hay dentro de la caja está relacionado de manera directa con lo que pasó en la cabaña durante aquellas Navidades —añadí.

—¡Choca esa mano, Arturo! Vamos por el camino correcto. La abuela nos ha dado las claves para llegar hasta el interior de su secreto. Tenemos que ir a la isla cuanto antes. Seguro que la llave está ahí —continuó.

—Si Elsa ha mencionado ese lugar, puedes estar seguro de ello. Fíjate, hasta ahora ha sido ella y nadie más que ella quien nos ha llevado primero hasta la cabaña y luego hasta la cifra correcta —dije.

—¿Qué sugieres? —preguntó con su media sonrisa Erik. Seguro que estaba pensando lo mismo que yo.

—Pues que tu abuela sabe más cosas de las que quiere aparentar. No dudo que haya perdido mucha memoria, pero hay cosas que tiene muy claras. Sabe qué y cómo hablar para que nosotros actuemos. Es muy lista —afirmé.

—Sí que lo es. Bueno, vamos a ver un poco qué hay aquí dentro —comentó Erik, que se había alejado de la mesa con sus saltos.

—Me temo que no vamos a ver mucho —murmuré.

—Bueno, algo se verá por la rendija.

Efectivamente, el candado no dejaba que la tapa se abriera, pero quedaba una abertura de unos dos centímetros. Erik cogió la caja y la acercó más a la luz que entraba por el ventanal que daba al jardín.

—Papeles. Solo se ven papeles —dijo.

—Déjame mirar. Parecen libros —afirmé.

—O cuadernos —sugirió él, muy excitado—. Estoy casi seguro de que aquí están los diarios de Elsa. Voy a llamar ahora mismo para informarme sobre la cabaña del abuelo.

Y me dejó con la caja mientras iba hacia el teléfono. La abuela había dicho que aquella cabaña pertenecía desde hacía tiempo al Museo del Mar de Rervik, una ciudad a más de doscientos kilómetros al norte de Trondheim.

—¡Eureka! —exclamó Erik mientras salía del despacho de su padre con un papel que movía entre sus dedos—. Nunca te lo imaginarías.

—¿El qué? ¿Tienen la llave? —pregunté, ingenuo.

—Te he dicho que no te lo podrías imaginar, así que no te lo has imaginado. El museo se hizo cargo de todas las cabañas de la isla y las alquila para pasar un mínimo de tres días y tres noches. Así que la he alquilado. Pasado mañana nos vamos de viaje. El barco solo va tres días por semana, y el jueves es uno de ellos —me contó.

—¿Y cómo sabías cuál era la cabaña de tu abuelo? —pregunté, asombrado.

—Muy fácil, mi abuela me dijo cómo se llamaba —afirmó.

—¿Quién, tu abuelo? ¿No lo sabías? —inquirí.

—No, hombre, mi abuelo se llamaba Gunnar. Me refiero a la casa. Todas las cabañas tienen un nombre. Esta se llama Lyngsnebua. La chica que me atendió se puso muy contenta al saber que estábamos interesados en esa en concreto. Parece que es una de las más antiguas y la más aislada. Tendremos una isla para nosotros solos. ¿Te imaginas? Tres personas para una isla. Será estupendo —dijo, realmente entusiasmado.

Yo estaba alucinado. Cualquiera de mis amigos se habría sentido deprimido si le hubieran dicho que iba a pasar tres días en una isla casi desierta, sin centros comerciales, sin bares, sin nada de nada. Pero Erik estaba emocionado. Y yo, yo no sabía cómo sentirme. Después del caos matemático del día anterior y de los extraños episodios que me sugería la presencia de Ángela, todo me parecía bien. De pronto, caí en la cuenta de que Erik había dicho tres personas.

—¿Tres? ¿Qué tres? —le pregunté.

—Nosotros dos y Karin, claro —contestó.

—¿Karin viene también? —me pregunté si a Erik le gustaba su vecina.

—Claro, la acabo de llamar y ha dicho que sí, que le encantará venir con nosotros. Todavía está en la cama, dolorida, pero me ha asegurado que para el jueves ya estará en plena forma. Es increíble —era evidente que mi amigo la admiraba, lo que no tenía yo muy claro era si sentía algo más por ella.

—Será estupendo —mentí.

La verdad es que no me seducía demasiado ir a una isla con dos amigos que seguramente eran pareja o podían serlo. Me esperaba la peor parte. Por otro lado, estaba la llave, de la que tampoco sabíamos a ciencia cierta que estuviera allí, aunque los indicios apuntaran a que así fuera. En fin, no dije nada en contra. Erik estaba encantado y yo debía mostrarme solidario. Probablemente, no estaría tan mal.

17

Una isla casi desierta

El día siguiente lo empleamos en comprar víveres para llevarnos a la isla. Allí no había ninguna tienda y teníamos que ir bien provistos. Preparamos los sacos de dormir, porque, al parecer, aunque había camas, necesitaríamos los sacos para ponerlos encima. Por la tarde nos quedamos en casa, organizando el viaje: iríamos en autobús hasta Rervik y luego cogeríamos un barco rápido que nos llevaría a Gjaeslingan en cuarenta y cinco minutos. No nos llevaríamos las bicis porque en los islotes había pocos caminos que recorrer.

Por fin llegó el jueves. Fuimos a buscar a Karin, que cargaba con su propia mochila, y cogimos el autobús. Calculé que para recorrer doscientos kilómetros tardaríamos unas tres o cuatro horas. Me equivoqué: echamos el día entero. Las carreteras en Noruega son estrechas y llenas de curvas. Muchos tramos discurren por las orillas de los fiordos y, claro, hay que conducir con cuidado. La velocidad máxima en carretera es de 80, pero en cuanto hay alguna granja o pequeñas aldeas de casas de colores y preciosos jardines hay que reducir a 60 o a 50. Por eso se tarda tanto. Pero lo más gracioso es que hay momentos en que la carretera desaparece en la boca de un barco. Se trata de ferris que transportan coches y personas de un lado a otro del fiordo. Forman parte de la carretera y durante un rato estás haciendo un crucero por los fiordos noruegos sin pensarlo. ¡Es genial! El paisaje es espectacular: el mar bordeado de montañas que aun en pleno verano todavía conservan manchas de nieve en las cumbres y en las laderas, bosques rabiosamente verdes de los que algunas veces sale un ciervo, un alce o un reno que cruza la carretera felizmente. Fueron muchas horas de viaje, pero muy hermosas.

Karin se sentó con Erik, aquello se veía venir. Yo me quedé solo. Lo agradecí. Un buen rato sin tener que hablar inglés, contemplando y procesando en mi idioma todo lo que veía. Fue estupendo.

Llegamos a Rervik casi con el tiempo justo de coger el barco, que salía a las diez de la noche. Nos quedamos esperándolo en el puerto. Hacía frío, un viento gélido. Había otras personas que iban hacia las islas: un par de familias con niños y muchos bultos. A las diez menos diez lo vimos llegar entre las pequeñas islas. Era un barco rápido, con aspecto de catamarán. Subimos todos y a las diez en punto zarpamos. No nos dejaron ir en cubierta porque el viento era infame y con la velocidad podía ser peligroso, así que nos sentamos en el gran salón, junto a los ventanales. El paisaje era diferente, pero no menos grandioso: decenas de islas a un lado y a otro; en algunas se veían casas, la mayoría estaban deshabitadas. Solo algún que otro faro mostraba señales aparentemente inequívocas de vida humana. La mayoría de las islas no son demasiado grandes, se trata más bien de islotes con vegetación baja. Se veían bien los colores de las plantas que las cubrían: eran más de las diez de la noche, pero parecía que fueran las cinco de la tarde. Habíamos subido doscientos kilómetros al norte, y eso quería decir que estábamos muy cerca ya del Círculo Polar Ártico, en las tierras del sol de medianoche. Las noches eran aún más claras que en Trondheim. Yo no salía de mi asombro. Aunque llevaba ya tres semanas en Noruega y la luz no me impedía dormir, me seguía pareciendo alucinante toda aquella luz nocturna.

Llegamos a Gjaeslingan después de cuarenta y cinco minutos de trayecto. La isla era la más alejada del continente. Cuando bajamos, no podía dejar de mirar a mi alrededor: una luz dorada cubría los islotes y hacía brillar las cabañas de sus orillas. No había nubes y, por supuesto, no se veían ni la luna ni las estrellas, solo un gran cielo azul dorado y el sol a poniente. Eran las once de la noche.

Bajamos con nuestras mochilas repletas de víveres y ropa de todo tipo. No sabíamos hacia dónde teníamos que ir. La isla no es realmente una isla, está formada por un conjunto de islotes que forman una especie de ensenada cerrada y protegida de los envites de vientos y marejadas. Entre algunos islotes había pequeños diques de unión; entre otros, el mar, la mar, solo la mar, como dijo el poeta. Por supuesto, ni un coche. Sabíamos el nombre de nuestra cabaña, Lyngsnebua, pero nada más. De pronto:

—¡Eh, vosotros! ¿Erik Johansen? ¿Eres tú? —preguntó una voz cuya propietaria era una rubia enfundada en un chubasquero azul que quitaba la respiración. La chica, no su ropa.

—Sí, soy yo —contestó mi amigo—. ¿Brigita?

—Sí, ¿qué tal el viaje? ¿Todo bien? —supongo que preguntó. Hablaban en noruego, así que todo esto lo medio entendí: después de casi tres semanas, ya podía comprender alguna que otra palabra en la lengua de Ibsen.

—Sí —contestó Erik—, estábamos esperando que alguien nos dijera hacia dónde tenemos que ir. Bueno, estos son Karin y Arturo. Arturo es español, no habla nuestra lengua.

—¿Español? —preguntó Brigita en mi idioma. Me quedé más alucinado aún—. ¿Qué hace un español por aquí? Creo que debes ser el primer español que pisa estas islas.

—¿Y tú por qué hablas mi lengua? —fue lo único que se me ocurrió preguntarle.

—Estuve viviendo un año entero en Guatemala. ¡Y ahora estoy aquí! —respondió.

—¿Vives aquí permanentemente? —seguí preguntando, aunque veía que Erik y Karin estaban ya un poco cansados de cargar con las mochilas y seguir allí quietos.

—No, solamente en verano, este es mi segundo año aquí, es muy divertido. Este lugar es... increíble.

—Bueno, ¿dónde está nuestra cabaña? —preguntó en inglés Karin, impaciente. Le debía doler ya la espalda.

—Sí, vamos, seguidme. Es la más alejada, pero tenéis una barca para vosotros durante estos tres días. La he amarrado aquí, en ese lado del puerto.

Creo que debí empalidecer: la barca era de remos, modelo tiempo de los vikingos, y estrecha, muy estrecha. Nunca había montado en nada parecido. Ni en el parque de atracciones. Se me había olvidado que el mar abierto me daba miedo desde una vez en que casi me ahogué al caerme de una colchoneta. Además, el viento había arreciado. Estábamos en medio del océano.

—¿Tenemos que subir ahí? —acerté a preguntar.

—Sí, para llegar a vuestra cabaña no hay camino, no hay dique. Es la única cabaña que hay en la isla. Es aquella de allí, ¿la veis? Aquella roja que está sola, con el tejado blanco.

Miré hacia donde señalaba Brigita. La mayoría de las cabañas estaban más juntas, en la isla principal. Luego había otro grupo en otra isla, que parecía la más alta del pequeño archipiélago. Y después se veían pequeñas islas más alejadas con una cabaña en la orilla. Una era la nuestra.

—Tenéis suerte. Lyngsnebua es la más solicitada. Es la más primitiva, la única que no tiene luz eléctrica. Vais a experimentar de verdad lo mismo que experimentaron nuestros pescadores hace más de cien años —explicó aquella rubia vikinga que tenía muchas ganas de hablar. Yo estaba alucinado con lo que escuchaba.

—¿Nos vas a acompañar? —le preguntó Erik.

—No, podéis ir solos. Vais muy cargados y el bote no es demasiado grande. Has remado alguna vez, ¿no? —preguntó.

—Sí, claro, en el fiordo, con el colegio, muchas veces —Erik me miró y me leyó el pensamiento—. Sí, Arturo, puedes estar tranquilo, soy bueno. No pasa nada.

—Fue campeón de la escuela el año pasado y el anterior. Estás en buenas manos —corroboró Karin.

—¡Vaya, un campeón de remo! Echaremos una carrera un día, ¿te parece bien? —sugirió Brigita.

—Sí, trato hecho.

Y subió Erik a la barca, luego Karin y por último yo. Brigita nos ayudaba sujetando la cuerda de amarre. Cuando entré, el bote se tambaleó mucho a los lados. Me quedé de pie, con las piernas muy abiertas, tanto como daba la anchura de la barca.

—Vamos, Arturo, siéntate de una vez o nos vamos a ir todos al agua —ordenó Erik, pero yo estaba paralizado por el miedo. Estaba entrando agua.

—¡Entra agua! Yo me salgo de aquí —e hice un movimiento brusco que provocó que la barca se inclinara peligrosamente hacia estribor.

—Estate quieto, Arturo —seguía siendo Erik el que me hablaba—, que nos vamos a caer. No pasa nada, ¿entiendes? No pasa nada. La gente ha hecho esto durante generaciones. Siéntate normalmente. Dobla las piernas y siéntate despacio.

Seguí las instrucciones y lo logré. Brigita aplaudió desde el muelle y Karin resopló. Había quedado en ridículo delante de las dos chicas, mientras que Erik se perfilaba como un héroe de los remos. Mi cara debió ponerse de todos los colores.

—Bueno, mañana os veré. Buenas noches —se despidió Brigita.

—¡Eh, espera! —le gritó Erik cuando estaba a punto de soltar la cuerda—. ¿Qué hay de la llave de la cabaña? No nos la has dado.

—¡Ah, la llave! Se me ha olvidado decíroslo. No hay llave. Está abierta. Hay un cerrojo por dentro, pero no hace falta que cerréis. Nadie va a entrar. Hasta mañana —y soltó definitivamente la barca.

Quedamos a merced de la habilidad remera de Erik. En efecto, lo hacía bien, así que enseguida comencé a relajarme. La cabaña se iba haciendo más grande cada vez ante nuestros ojos. Era roja y el tejado blanco. Desde el mar solo se veía una ventana no demasiado grande. La casa era como un punto rojo en medio del verde y gris del islote, y del territorio salado y azul que lo rodeaba. Parecía estar suspendida sobre el mar. Estaba construida sobre unos pilares que hundían sus cimientos en el agua. Era casi como los palafitos aquellos que estudiábamos en el colegio. Llegamos enseguida. Dentro de la ensenada, el mar estaba quieto, no había ni una ola.

—Venga, Arturo, baja y ata la cuerda en ese poste —ordenó Erik.

—¿Cómo que baje yo primero? ¿Cómo que ate la cuerda? Imposible, no puedo —contesté.

—¿Cómo que no puedes? —saltó Karin, que empezaba a estar harta de mis miedos.

—No puedo —insistí. Estaba realmente asustado. Era un desastre de aventurero.

—Vale, bajaré yo primero —dijo Erik, con cara de enfado—, pero ten cuidado de Karin, ayúdala a sostenerse en el bote.

—Bajaré yo la primera. Sois... cómo sois —y sin darnos otra opción, se puso en pie y salió de la barca. Erik le dio la cuerda y la sujetó al poste.

—Karin, eso es algo que no deberías haber hecho. Ese tipo de movimientos no son buenos para tu espalda —exclamó Erik mientras me miraba con cara de estar pensando que yo era un estúpido.

—¡Cállate, Erik! Deja de protegerme. Sé lo que me hago. Lo que no puedo hacer es saltar, por ejemplo. ¿Me has visto saltar? ¿No? Pues a callar —contestó Karin.

Nos quedamos todos callados. Karin porque se dio cuenta de que realmente había hecho algo que no debía, Erik porque le preocupaba su amiga y porque yo era un miedica, y yo porque no había sido capaz de estar a la altura de mis compañeros.

Cuando estuvimos por fin los tres en tierra, cogimos las mochilas y subimos por las rocas que separaban la cabaña del lugar donde se había quedado el bote. La puerta estaba abierta, como había dicho Brigita, y entramos.

18

La cabaña del abuelo Gunnar

Erik empujó la puerta, que se abrió fácilmente. Me quedé callado, no osaba decir ni palabra después del incidente de la barca. Pero la verdad es que aquello me pareció muy triste. No había luz, y un montón de leña se amontonaba en uno de los laterales. Solo había una cocinilla de gas, con su botella de butano al lado, un cubo para la basura y una puerta que daba al váter, que no era más que un cubo con tapadera. Fue Erik el primero que habló.

—Bueno, chicos, aquí tenemos que dormir.

—¿Estás seguro, Erik? —preguntó Karin, que no se había quedado menos asombrada que yo. Es verdad que Brigita nos había dicho que era la cabaña más primitiva, pero tanto... No podía imaginar a Elsa allí dentro, entre aquellas paredes de madera oscura.

—Es una broma. ¿No veis que aquí hay una puerta? —y la abrió inmediatamente.

Estaba tan camuflada con la madera tan gris de las paredes que ni Karin ni yo la habíamos visto. Aquello era otra cosa. La puerta se abría a una habitación más amplia y limpia. Había una mesa con cuatro sillas, dos literas con sus colchones, un lavabo minúsculo, un armario con platos, ollas, sal, cubiertos, todo lo necesario para hacer la comida, y una estufa en medio de la estancia. Dos ventanas, una a cada lado, eran la fuente de luz de la cabaña. Y unas cuantas velas que no necesitábamos. Una de las ventanas daba a la isla y la otra al mar. Desde ella se veían los otros islotes con sus cabañas, la antigua escuela, que era una casa amarilla, y el centro de reunión, que estaba pintado de blanco. El sol se había escondido tímidamente, pero sus rayos seguían regalando un velo dorado a todo lo que se veía al otro lado de la ventana. Era casi medianoche.

—¿De verdad os creísteis que la cabaña era solamente lo de ahí fuera? —preguntó Erik.

—Vamos, ¿cuándo te diste cuenta? —le preguntó Karin, yo todavía no me atrevía a hablar—. Te quedaste tan blanco como nosotros cuando viste la entrada, ¿o no? —y me miró a mí esperando un apoyo.

—Sí, tú también pusiste cara de póquer cuando entramos —esperaba una bronca por haber abierto la boca, pero no. Parecía que ambos hubieran olvidado mi comportamiento en el bote. O si no lo habían olvidado, al menos eran tan educados que no lo mencionaban.

—Bueno, tenéis razón. Hasta que vi la cerradura y descubrí la puerta, se me cortó la respiración —confesó Erik.

—Falta una cama —observé—. Solo hay dos.

—Decididamente, Arturo, hoy no es tu día —me dijo mi amigo. Con este comentario daba por zanjado lo anterior—. Ahí detrás están las escaleras.

Me giré sobre mí mismo. Efectivamente, junto a la puerta había una escalera de madera muy empinada que daba al piso de arriba. Subimos uno tras otro, Karin incluida. La única habitación tenía una ventana desde la que se veían los islotes más cercanos hacia Occidente. El techo estaba abuhardillado, había tres camas, una mesa junto a la ventana y dos taburetes, todo ello de madera vieja.

—Yo me quedaré aquí arriba —dije, quería ser amable con ellos.

—Ambos os quedaréis arriba —repuso Karin—. Erik ronca y quiero dormir, estoy muy cansada.

—Erik no ronca —defendí a mi compañero de sexo. La verdad es que no lo había oído roncar ninguna de las noches que habíamos compartido, y eran unas cuantas.

—Claro que sí. Hemos ido juntos a campamentos y ronca —aseguró.

—Ya no. Me operaron el tabique nasal y las vegetaciones. Hace más de año y medio que no ronco, puedo dormir abajo —justificó Erik.

—Bueno, da igual, yo me quedo abajo y vosotros arriba. Quiero un poco de intimidad, ¿de acuerdo? —exigió Karin, que sabía ser muy convincente.

Volvimos los tres al salón-cocina-habitación de Karin, abrimos las mochilas de víveres, metimos algunas cosas en el armario y comimos algo de fruta, pan y arenques. No había nevera, así que el frasco de arenques con tomate que abrimos lo terminamos entre los tres. Estábamos hambrientos después de un largo día de viaje.

—Bien, amigos míos, creo que me iré a dormir —dijo Karin cuando terminamos de cenar.

—¿Y la llave? —pregunté, todavía no me había acostumbrado a esperar.

—La buscaremos mañana —respondió Erik—. Si está aquí, podrá esperar unas horas a ser rescatada, ¿no os parece?

—¿Por qué dices «si está aquí»? ¿Acaso crees que no lo está? —le preguntó Karin, mientras se levantaba y abría la puerta para encaminarse al váter—. Aquí no hay nada donde poder buscar, la cabaña está desnuda, ¿no creéis? —dijo.

—Puede estar debajo de alguna madera, en el suelo o en una pared —comenté. No podía ser que después de haber ido hasta allí, no hubiera llave.

—¿Y destrozar la casa para encontrarla? No imagino a la abuela, al abuelo o a quien sea desarmando una pared para esconder una llave —repuso Erik.

—¿No mencionó tu abuela algún lugar específico dentro de la casa? —gritó Karin desde el lugar oscuro en el que estaba.

—No, no dijo nada —contestó Erik—, pero seguro que había algún arcón o alguna caja o algo. Ahora no hay nada porque la cabaña pertenece al museo y se alquila, pero cuando era de mis abuelos, algo habría, ¿no os parece lo natural?

—Tienes razón, Erik —dije. No sabía cómo parecer de nuevo normal ante los ojos de ambos—. Quizás... —empecé a decir, pero me quedé callado.

Karin salía del baño con una cosa rarísima en la mano. Era un artefacto de metal y alambres con algún trozo de tela en algunas partes.

—¿Dónde has encontrado eso? —pregunté. Por un momento pensé que aquello podía tener algo que ver con nuestra investigación.

—Es mi corsé ortopédico —contestó.

Había vuelto a meter la pata.

—Lo siento, Karin, yo..., esto..., no sabía..., perdón..., hoy... no es mi día, ¿verdad? —llevaba unas horas en las que me entraban ganas de meter la cabeza debajo de la almohada y no sacarla hasta el día siguiente. Pero no tenía ni siquiera almohada.

—No te preocupes, Arturo. Perdonadme vosotros —se excusó. Entonces miré a Erik y me di cuenta de que él tampoco lo había visto antes. Tenía los ojos húmedos—. Lo tengo que llevar durante el día, pero por la noche me lo quito. Hoy lo he tenido puesto demasiadas horas y ya me duele todo el cuerpo. Siento que lo hayáis visto, pero es que no podía esperar más. Me voy a la cama.

Karin se lavó los dientes en el minúsculo lavabo, el agua nos salpicó a los tres; después extrajo su saco de dormir de la mochila, lo colocó sobre el colchón de la litera baja y se metió dentro.

—Buenas noches. Os podéis quedar ahí, si queréis, no me molestáis. Voy a dormir igual. Vuestras voces solo me servirán de arrullo.

—Seguiremos tu ejemplo, nos vamos a la cama, ¿no? —me preguntó Erik.

—Sí, ahora mismo. Buenas noches.

—Que durmáis bien. Hasta mañana.

—Que descanses, Karin. Si necesitas algo, llámanos, ¿de acuerdo? —le ofreció Erik, que se había quedado tan impresionado con el corsé de su amiga que parecía haber olvidado el asunto de la llave.

Pasamos por el superváter, que era el único punto oscuro de la casa, subimos las escaleras y nos metimos en los sacos. No sé quién se durmió antes, Erik o yo. Lo cierto es que no recuerdo nada más. Me debí quedar dormido en cuanto aplasté la oreja.

19

El hallazgo se complica

Ocupamos parte de la mañana siguiente en buscar la llave por la cabaña, pero no la encontramos. Efectivamente, no había objetos donde pudiera estar guardada. El armario estaba lleno de utensilios de cocina, muy usados, pero nada más, ni un doble fondo por ningún lado, ni arcones, ni cofres de tesoros escondidos. Miramos incluso en el montón de leña, sacamos cada uno de los troncos, removimos todo. Sudamos más que nunca, al menos yo, pero ni rastro de la llave, como ya preveía Erik la noche anterior.

Karin nos miraba rebuscar, sentada en una de las viejas sillas. Tenía la espalda dolorida por todas las horas de viaje.

—Nada —exclamó Erik, dando por finalizada la búsqueda—, esta vez la pista no ha sido correcta.

—No te des por vencido tan pronto, Erik —le dijo Karin—. Si tu abuela nombró esta cabaña, es porque hay muchas probabilidades de que la llave esté o haya estado aquí.

—¿Y qué más nos da que haya estado, si ya no está? —inquirió Erik.

—¿Te has planteado qué ha sido de todos los demás muebles que había aquí antes, de todos los objetos que tenían tus abuelos cuando la cabaña les pertenecía? Aquí no hay nada. Y conociendo a tu abuela, dudo que no tuviera nada personal en este lugar. No sé, un tapiz, una caja de madera pintada, algún cuadro, algo —continuó Karin.

—Es verdad —asentí—, esta cabaña está muy vacía. Es posible que no haya ninguna llave ahora, pero tal vez la hubo hace tiempo.

—Entonces, si no la tiene la abuela, y de eso podemos estar seguros, ¿dónde está ahora?, ¿en el fondo del mar? —se preguntó Erik, sin darse cuenta de que había hecho un juego de palabras con una canción de mi país que él, claro está, desconocía.

—Hola, chicos —era Brigita, que se asomaba a la puerta de la entrada. La habíamos dejado abierta para que entrara más luz en aquella parte de la casa—. ¿Qué hacéis aquí dentro con el día tan hermoso que hace hoy?

Erik le contó lo que estábamos buscando, le narró parte de la historia de la caja enterrada y la relación de aquella cabaña con sus abuelos. Omitió lo referente a los problemas de memoria de Elsa.

—Eso me lo debías haber dicho por teléfono, Erik, te habrías ahorrado venir hasta aquí. Aunque pensándolo bien, me alegro de que hayáis venido —y me lanzó una mirada que me dejó convertido en una piedra caliente.

—¿A qué te refieres? —le preguntó mi amigo.

—Todos los objetos que dejaron los anteriores dueños en las cabañas de Gjaeslingan están en el Museo del Mar, en Rervik. Allí, expuesto o en el archivo, se guarda todo lo que había aquí antes —explicó Brigita sin dejar de mirarme. Me estaba poniendo colorado. Ninguna chica me había mirado nunca tan directamente—. Es allí donde tenéis que buscar.

—Pero —me atreví a decir—, puede que haya muchas llaves, ¿cómo sabremos cuál es la nuestra?

—En eso he sido precavido. Mirad —y Erik nos enseñó un trozo de plastilina azul, de esa que se utiliza para pegar cosas en la pared, con un bajorrelieve—. Ayer, antes de salir para coger el autobús, se me ocurrió sacar un molde de la cerradura, no sé, por si acaso. A lo mejor resulta que nos sirve de algo.

—Si conocéis el modelo, tal vez el profesor Einar os pueda ayudar. Sabe mucho de eso. Y si había una llave en esta cabaña, puede que esté en el museo —afirmó Brigita, muy convencida.

—Pues vamos a Rervik cuanto antes —sugirió Karin.

La odié por ello. Y mi mirada me delató. Brigita seguía mirándome sin parar. No quería irme de allí todavía.

—¡Vamos, Karin! —intervino Erik—. El barco no viene hasta pasado mañana. No podemos irnos.

Yo respiré tranquilo.

—Así podréis disfrutar de las islas. Lleváis todo el día encerrados aquí. Eso no puede ser —dijo Brigita, muy enérgica—. He traído la lancha. Es increíble que no la hayáis oído, tan absortos estabais con vuestra búsqueda. Podemos montar todos. Os enseñaré cada rincón de estos lugares. Son alucinantes.

No había otro remedio que quedarnos allí casi dos días más. Yo estaba encantado. Además, no íbamos a montar en la frágil barca de remos, sino en una lancha con motor. Subimos y emprendimos la marcha. Hacía un ruido espantoso. Me parecía que rompía demasiado aquel silencio quebrado exclusivamente por los pájaros que anidaban en las islas.

—Esto hace demasiado ruido hoy. No me gusta nada —Brigita parecía haber leído mi pensamiento—. Vamos a volver y cogemos vuestro bote. No podemos molestar a las gaviotas. Hay muchas crías y hay que protegerlas.

Mi gozo en un pozo. Si tenía que montar otra vez en la barca delante de ella, me moriría de vergüenza sin remedio. ¿Qué podía hacer?

—Un poco de ruido no importa tanto, ¿a que no?

Quedé todavía peor.

—¡Pero qué dices! Hay que proteger estas zonas, aquí anida el cuarenta por ciento de las especies de pájaros marinos de toda Noruega —explicó Brigita, que empezó a mirarme como si fuera un bárbaro—. No olvidéis que estamos en un museo y en una reserva biológica.

Mientras tanto, habíamos llegado ya debajo de nuestra cabaña y estábamos junto al bote de madera. Brigita colocó su lancha junto a la barca para que la abordáramos, cual piratas en el Caribe. Subió primero Erik, que la sujetó para que permanecieran unidas. Pasó a continuación Karin sin decir ni palabra. Llegó mi turno.

—Yo..., esto..., acércala más, Erik —no sabía qué hacer ni qué decir.

Brigita se quedó en la lancha. Levanté una de mis piernas para meterla en el bote. La metí. La barca se movió. Mi cara cambió de color. Las dos embarcaciones se iban separando y mis piernas se iban abriendo cada vez más.

—Erik, haz algo, me voy a caer —grité.

—Si te caes, lo único que pasará es que te mojarás —dijo Karin, despectiva.

Le debía de molestar enormemente que un chico sano como yo tuviera tanto miedo a subir en una barca.

Erik acercó la barca con los brazos, pero al desplazarse consiguió que se moviera aún más.

—Erik, si sigues moviéndote hacia ese lado, la que se va a caer voy a ser yo —gruñó Karin.

—Espera —ordenó Brigita, cuya respiración podía sentir junto a mi cuello, lo que no ayudaba a mi tranquilidad—. Subiré yo antes que tú y te daré la mano, así tu amigo podrá limitarse a mantener la barca en su sitio.

Así lo hizo. Subió a la barca como quien se levanta de la cama. Se puso frente a mí y me dedicó una sonrisa estupenda, a la vez que me tendía su mano derecha. Se la tomé, estaba muy caliente. Yo estaba sudando, la mía debía estar helada.

—Relaja las piernas y sube del todo —ordenó sin dejar de mirarme a los ojos—. No te va a pasar nada.

Seguí sus instrucciones y, efectivamente, no pasó nada, salvo que había quedado como un miedoso delante de mis amigos y de una chica con la que, pensé, había perdido todas las posibilidades de ligar.

Por fin, nos sentamos todos en la barca, yo al lado de Karin, y Erik y Brigita juntos. Eran ellos los que remaban.

El mar estaba quieto en la ensenada que formaban las islas. Brigita nos iba explicando historias de aquellos parajes y nos hablaba de los pájaros y de la vegetación, o sea, de la flora y de la fauna de la zona.

—¿No os habéis preguntado por qué existen aquí estas cabañas, todas rojas, en un lugar tan alejado de la costa?

Era evidente que nos quería contar lo que ella había aprendido para ir a trabajar a Gjaeslingan.

—Pues, no sé. Era la llave lo que me preocupaba —confesó Erik—, de lo demás no se me ha ocurrido pensar nada.

Karin y yo nos limitamos a asentir.

—¿Y pretendíais venir aquí solamente a buscar una llave perdida? ¿Y dejar de contemplar todo lo que hay en este lugar? ¿Y no sentir, vivir Gjaeslingan? No me lo puedo creer —Brigita estaba casi enfadada—. Este lugar esconde maravillas que no sospecháis siquiera. Su propia historia es impresionante.

—Cuéntanosla —le pidió Karin.

—Como veis, Gjaeslingan está constituida por una docena más o menos de islotes. Todos ellos forman casi un círculo dentro del cual el mar está quieto, como ahora. Si salimos a mar abierto, cosa que no vamos a hacer, el océano está lleno de movimiento. De alguna manera, los islotes se protegen unos a otros creando una especie de microclima. Las islas estuvieron ya habitadas en los tiempos de los vikingos. Y así continuaron hasta hace pocos años. Durante el siglo XIX, y mucho antes, acudían pescadores de toda la costa del sur para la temporada del bacalao. Mis dos abuelos, por ejemplo. Ellos venían desde pueblos del interior, más al sur de Trondheim. Habitaban estas cabañas que veis, y muchas más; este mar estaba lleno de barcas de pesca y en cada cabaña vivían al menos doce hombres. La mayoría pasaba aquí solo la temporada, que iba de enero a abril, aproximadamente. Pescaban y traían la mercancía aquí. Las mujeres limpiaban el pescado y lo conservaban.

—¿Cómo lo conservaban? Entonces no había frigoríficos —intervino Karin.

—Había dos maneras: lo secaban al sol con sal, tendido en el suelo de los islotes, que hacen la curva perfecta para ello, o lo colgaban en esos armatostes de madera que habréis visto por toda la zona. Mi abuela aún lo prepara así: lo compra fresco y luego lo seca. Lo cocina con tomate y cebolla. Luego —continuó—, lo colocaban en barriles y lo exportaban al Sur de Europa. España, precisamente —y me miró—, era uno de los países que más bacalao noruego consumía durante el siglo XIX y principios del XX. De hecho, la receta del tomate y la cebolla es española.

—Está buenísimo. Mi padre lo hace para chuparse los dedos —corroboré.

—¿Y por qué venían los pescadores hasta aquí? —preguntó Erik.

—Porque es la isla más cercana al océano abierto y más al oeste. De esta manera vivían más cerca del pescado. Pensad que en barcas poco más grandes que esta viajaban hasta ocho hombres. La ensenada estaba llena de cientos de barcas —pusimos cara de no creérnoslo—. No exagero. Cuando vayáis al museo, veréis fotografías. Pues bien, las barcas esperaban todas las mañanas a que se diera la señal de salida a las seis en punto. Y todos se apresuraban a salir al océano para volver con la mayor cantidad posible de pescado. Algunos no volvían, como os podéis imaginar. No olvidéis que estamos en el Mar del Norte y que la temporada del bacalao es en puro invierno, cuando hay más nieblas y tempestades.

—Tenían que ser hombres muy fuertes —intervine.

No me podía imaginar a mí mismo navegando por mar abierto con una embarcación parecida a la nuestra. Había conseguido relajarme allí sentado, pero de ahí a salir fuera de la protección de los islotes y estar pendiente, además, de pescar, había un abismo.

—La necesidad hace fuertes a las personas —afirmó Brigita, tajante—. Si la comida de tu familia dependiera de ello, tú también lo harías.

No sabía si aquello había sido una indirecta sobre mi comportamiento de hacía unos minutos o si Brigita estaba generalizando. En cualquier caso, el comentario no me entusiasmó.

—Vamos a bajar en este islote —cambió de tema Brigita—. Quiero enseñaros algo. Erik, tenemos que llevar la barca hasta ese poste para amarrarla ahí. Sí, rema hacia tu izquierda.

Erik hizo lo que ella ordenaba. Otra vez teníamos que bajar de la barca. Pasase lo que pasase, estaba decidido a saltar de una vez y a no provocar ningún comentario. Bajó Brigita primero y amarró el bote. Luego Erik, que le dio la mano a Karin. Por fin, me tocó a mí.

—No voy a darte la mano, Arturo —me dijo Erik—. Y no es para fastidiarte. Es porque debes hacerlo tú solo, sin ayuda.

—Está bien —le dije.

Respiré hondo y, sin pensármelo, de un salto me coloqué en tierra firme. Oí unos aplausos. Eran Brigita y Karin, que me miraban con una sonrisa que no supe cómo interpretar.

—¿Qué nos vas a enseñar, Brigita? —le preguntó Karin.

—El lugar donde aprenden a volar las gaviotas —contestó.

20

Donde aprenden a volar las gaviotas

Estábamos en la isla más alta de todo el archipiélago. Hacía años había en ella una escuela para los niños que traían los pescadores consigo. Ahora, la antigua escuela era un edificio amarillo que también pertenecía al Museo del Mar. Se veía desde donde habíamos dejado el bote, rodeada de un jardín que custodiaba el único árbol de las islas, un manzano que, según Brigita, florecía cada primavera. También había más casas, cabañas siempre rojas, y varios viejos almacenes del mismo color, los lugares donde preparaban el pescado que habría de ir a mi país desde hacía más de cien años. Y ahora estaba yo allí. Quién sabe si alguno de mis antepasados había comido del mismo pescado que se había colocado en barriles de madera allí mismo, en aquellos lugares que yo estaba pisando. Me pareció una feliz coincidencia.

—Vamos a subir por este camino —ordenó Brigita, que se había puesto un jersey de punto—. Voy a llevaros a un lugar muy especial.

—¿Es muy escarpado? —preguntó Erik.

—No, no demasiado, ¿por qué?, ¿acaso Arturo tampoco es buen senderista?

El comentario de Brigita me volvió a hundir en la miseria. A veces, las chicas tienen una forma de seducir que no hay quien entienda, porque era obvio que si hacía esos comentarios era porque quería llamar mi atención. ¡Pero podía hacerlo de otra manera!

—No lo digo por Arturo, sino por Karin, que... —empezó a explicar, pero enseguida le cortó la interesada.

—Erik quiere decir que tengo un problema con mi espalda y que no debo hacer movimientos bruscos. Llevo un corsé. Ayer lo vieron estos dos y se creen que estoy impedida. Y no es así. Puedo hacer casi todo igual que vosotros. Y, Erik, no necesito que seas mi cuidador. Por favor, tú piensa en ti y deja que yo piense en mí.

—No lo sabía —se disculpó Brigita—. Bueno, hay dos posibilidades, un camino más empinado y otro más suave, que primero baja y luego va subiendo. Cogeremos ese. Es el más hermoso.

Y empezamos a andar por el sendero que salía de detrás de la escuela. Primero fuimos bordeando las demás casas. Brigita saludaba a algunas personas que estaban sentadas en los jardines, tomando aquel sol que parecía no querer descansar. Enseguida dejamos de ver cabañas y gente. El islote tenía una vegetación espectacular, pero en miniatura. Miles de flores se apresuraban a crecer durante la estación cálida: campanillas azules como las que había visto en la montaña de Elsa, violetas de la noche, lana de los pantanos (una flor que parece un mechón de algodón), pequeñas margaritas y otras de nombres desconocidos.

De pronto, Erik exclamó:

—Ese olor. Me viene un olor familiar. No sé qué es.

—Prueba con esta flor. Quizás es su perfume.

Y Brigita cogió una flor blanca, compuesta por diminutas florecillas que parecían minúsculas orquídeas.

—Sí, eso es —contestó—. Me recuerda a mi abuela. No sé por qué, pero estas flores me traen la imagen de mi abuela.

—Quizás las ha llevado a la ciudad alguna vez —explicó Karin.

—No, imposible. Hace muchos años que mi abuela no ha vuelto a las islas. Es muy raro.

—A veces ocurren cosas para las que no tenemos una explicación —dijo Brigita—. Es como el amor, que viene así, sin más.

Tragué saliva por si aquello iba por mí. Pensé que iba a mirarme como antes, pero no. Para una vez que estaba preparado, no lo hizo. Sus ojos se posaron en la flor blanca, que seguro que le traía también algún recuerdo.

Seguimos caminando. La colina se iba haciendo cada vez más recta hasta convertirse en una pared, casi un acantilado. Estábamos abajo del todo, a la orilla del mar. La vista desde allí era... inexpresable: un montón de pequeñas islas se recortaban en el océano. Islas deshabitadas, lugares de quietud que contrastaban con un mar del que nacían cada vez más crestas blancas. El viento se estaba acrecentando. Me puse el jersey. El aire me batía en la cara, y los labios me sabían a sal. Me sentía un privilegiado por estar allí.

—¿Veis el faro? —preguntó Brigita—. Allí, en el último islote —era minúsculo, ninguno lo veía—. Es un punto blanco y rojo. A poniente.

Por fin, lo vimos. A lo lejos, cerca del sol, que empezaba ya a acercarse al mar. Le pregunté por el farero. Brigita nos dijo que ya no había farero, que ahora era todo electrónico, pero que hacía años lo hubo. Un hombre vivía allí, solo, en medio del mar, para evitar que otros hombres encallaran sus embarcaciones en aquel archipiélago de miles de islotes. En verano casi no se necesitaría su luz, pensé, pero durante el largo y duro invierno, sí. Y vivir allí durante el periodo de oscuridad debía ser más duro que ser pescador; al menos, ellos vivían en sociedad. Volví a mirar el suelo, del que de vez en cuando emanaba el extraño aroma de la flor.

—¿Qué es esto? —pregunté cuando vi lo que parecían restos de un picnic de cangrejos blancos.

—¿No os he dicho que os iba a llevar al lugar donde aprenden a volar las gaviotas? Ya hemos llegado. Estos son los huesos y el pico de una gaviota joven que no supo volar —explicó Brigita.

—¿Quieres decir que se caen cuando aprenden? —preguntó Karin, que era muy susceptible al tema de las caídas.

Brigita se dio cuenta de que había tocado un tema delicado, pero ya no podía salir de él.

—Sí, me temo que sí. Se lanzan desde allá arriba —y señaló la parte alta de la colina—. Vienen con sus padres. Eligen días con viento suave, así aprovechan las corrientes, pero los vientos pueden cambiar rápidamente, y las crías no tienen la destreza suficiente. Muchas pierden el ritmo, la coordinación entre el aleteo y las corrientes del aire. Se despeñan y mueren. Esta pobre debió caer desde allí.

—¿Crees que veremos gaviotas ensayando? —pregunté.

Me acordaba del famoso libro, *Juan Salvador Gaviota*, que nunca había leído, pero que estaba siempre en la mesilla de mi abuela, la cual me había contado muchas veces que había renunciado a leerlo.

—No, imposible, no es la temporada. Ahora están criando a los polluelos, que son demasiado pequeños para volar. Siguen en sus nidos. Hasta el otoño no vendrán a entrenar —no solo había hecho una pregunta tonta, sino que había confundido ensayar con entrenar—. ¿No habéis visto los nidos? Están muy cerca de vuestra cabaña.

—¿Dónde? No los hemos visto —exclamó Karin.

—Detrás, a unos cincuenta metros. ¿Y tampoco los habéis oído? —negamos los tres. Brigita continuó—. Vaya, ya veo que el asunto de la llave os ha tenido tan concentrados que habéis olvidado el resto del mundo. Y aquí, el resto del mundo está lleno de vida. Mirad a vuestro alrededor: el mar, las flores, los pájaros; todo dice que está vivo.

—Los huesos de esta gaviota dicen todo lo contrario —aventuró Erik.

—Los huesos de esta gaviota dicen que para vivir hay que arriesgarse —contestó Brigita—. La vida es aprender, estamos aquí para eso, como las gaviotas. Vivir es peligroso, es cierto. Pero un pájaro no puede quedarse eternamente en su nido, tiene que volar; si no, no sería un pájaro. Además, se moriría de hambre.

—Pero esta gaviota ha muerto en su intento por vivir. ¿De qué le ha servido luchar? —le pregunté.

—Parece una paradoja, ¿verdad? La gaviota ha muerto en su intento por vivir. La vida y la muerte no son más que dos caras de la misma moneda. Una acaba donde empieza la otra, como los caminos. Su vida terminó aquí. Se acabó su ciclo. Es la vida... —y se quedó callada.

—Y es la muerte... —continuó Karin, y también se quedó callada.

—Bueno, os he traído aquí para que vierais este sitio tan especial, no para que nos pongamos trascendentales o tristes o las dos cosas a la vez. Es un lugar hermoso, lleno de esperanzas, como el faro que solo podemos ver desde aquí.

Nos habíamos quedado todos un poco pensativos después de aquello. No debí haber visto aquellos huesos o debí haberme callado, no sé. El caso es que no lo hice.

Seguimos por el camino hacia la cima de la isla. Era el punto más alto. El suelo seguía estando cubierto de flores de todos los colores. Conforme íbamos ascendiendo, el tipo de vegetación cambiaba: otras flores, otras hierbas. Reconocí unas hojas en forma de abanico redondeado.

—¿No son estas las hojas de las *multe?*

Las *multe* eran aquellas frutas del bosque que crecían a ras de suelo en las montañas. Las había comido congeladas en casa de Inger, pero no las había visto en la zona de la cabaña de Elsa porque era demasiado pronto.

—¡Vaya! Eres un experto en flora noruega, Arturo —contestó Brigita—. Sí, y puede que podamos coger algunas. Aquí salen muy pronto.

—¿Cómo es posible, si estamos más al norte? En las montañas de Trondheim todavía hay flores, no están maduras ni de lejos —afirmé.

—Estamos más al norte, es verdad, pero en la costa, y la temperatura es mucho más benigna que en el interior. Piensa que aquí apenas nieva en invierno —explicó Karin.

—¿Y por qué?

Había cosas que no encajaban. ¿Por qué no hacía allí más frío, si estábamos cerca del Círculo Polar?

—La corriente del golfo, Arturo, que trae aguas y vientos cálidos de los trópicos. Eso hace que la temperatura sea aquí, incluso en el norte de Noruega, más alta que en el centro —dijo Brigita—. Mirad, aquí hay una *multe*. Y está madura. Cómela, Arturo, verás qué buena es. Aquí la llamamos el oro de las montañas.

Tomé aquella fruta de sus manos. Era dorada y blanda; su textura, como de cera por fuera y jugosa por dentro. Estaba tan madura que casi se deshacía en mi mano. La llevé a la boca. Tenía un sabor desconocido, entre ácida y dulce. No se parecía a nada que hubiera probado antes. Pequeñas pepitas se me metieron entre los dientes, pero no me molestaban. Brigita cogió otra y me la puso directamente entre los labios. Al cerrarlos para apresarla mejor, chupé sus dedos. Me sonrió. Me puse colorado otra vez. Era algo que no podía evitar. ¿Y por qué tenía que evitarlo?

—Oye, aquí hay muchas —gritó Karin.

—Y maduras. Es increíble que maduren tan pronto. Es una pena que no hayamos traído nada para guardarlas —protestó Erik.

—Te equivocas —le contestó Brigita—. He traído un par de bolsas.

Se metió la mano en el bolsillo del pantalón y sacó bolsas de plástico plegadas en forma de triángulo que nos dio a Erik y a mí.

—Nosotras a mirar, que trabajen ellos, ¿no te parece? —le dijo a Karin.

—Alguna ventaja tenemos que tener. Coger *multe* es un placer... muy trabajoso.

Tenía razón. Había que cogerlas una por una y estar agachados todo el tiempo. Pero merecía la pena. Estábamos en el lugar más alucinante que podía imaginar en aquel momento, y los dedos de Brigita eran toda una promesa.

21

Brigita y los pájaros

Cogimos más de tres kilos de *multe* entre los dos y nos las comimos para cenar en nuestra cabaña.

—Hay que ponerles mucha azúcar —me había explicado Brigita mientras regresábamos— porque, si no, son muy ácidas.

Disfrutar de sabores nuevos en un país ajeno es una delicia. Nunca he entendido a esos turistas, que no viajeros, que se dedican siempre a criticar la comida de los países que visitan, y a los que les gustaría comer una tortilla de patata en cualquier circunstancia. Me parece que la gastronomía de un lugar es parte de su cultura y hay que experimentarla y saber disfrutarla.

Brigita se quedó a cenar. Me seguía mirando y yo no sabía qué hacer con su mirada. La mayoría de las veces, mis ojos iban a parar al plato, y otras intentaba mantenerlos fijos en los suyos. Pero en esas ocasiones notaba que me subía la adrenalina hasta la frente.

—Bien, es hora de que me marche a mi cabaña. Pero con la lancha podría despertar a los pájaros —dijo Brigita.

—Puedes quedarte a dormir aquí y mañana te vas por la mañana. Así no harás ningún ruido —la invitó Erik.

—No sé, no he traído ropa para dormir —contestó—. Aunque, esperad, en la lancha tengo un saco, será suficiente. De acuerdo, acepto vuestra invitación.

—Muy bien, Brigita, dormirás en la litera de encima de la mía. Los chicos duermen arriba, en la buhardilla. ¿Te parece bien? —le sugirió Karin.

—¡Perfecto! Iré a recoger el saco de dormir —y salió de la cabaña.

No recuerdo cuántas horas dormí, pero sé que fueron muchas. Al parecer, la luz del sol que entraba por aquella ventana sin cortina me producía más sueño. Cuando me levanté, Erik ya no estaba en la habitación. Bajé al cuarto de abajo. Ni rastro tampoco de las chicas. Salí a ver si estaban fuera. No los veía. Las dos barcas seguían en su sitio, así que pensé que no habrían ido muy lejos. Volví a entrar para desayunar antes de ir a buscarlos. En la mesa del comedor había una nota en mi idioma: «Hemos ido a pescar. Sal de la cabaña y coge el camino de la izquierda. Cuando llegues a las rocas, nos encontrarás. ¿Has dormido bien? Brigita».

Intuí que la pregunta iba con segundas. Pero decidí no darle demasiada importancia. Brigita era una chica guapa, con encanto, fuerte, valiente. Tenía todo lo que me gusta en una chica, pero no quería enamorarme de ella. Nos íbamos a ir al día siguiente y probablemente ya no la volvería a ver, así que no tenía ninguna intención de nada, ni siquiera de tener una aventura. Sabía que si caía en la tentación, me quedaría enganchado y no quería pasarlo mal. Algo parecido me había pasado el verano anterior con una chica a la que conocí en la playa. Estuvimos saliendo una semana, y cuando llegó el 30 de agosto, cada uno a su casa. Ni siquiera la había besado. No la volví a ver, la llamé, pero no contestaba a mis llamadas, le mandaba mensajes por el móvil y por el correo electrónico, y nada, tampoco me los devolvía. Ella había sido más lista y me había olvidado, pero yo lo pasé mal. No quería que me volviera a suceder lo mismo, de modo que cuando cogí el avión hacia Noruega, decidí que no me gustaría ninguna chica. Aunque me presentaran a la mismísima reina Ginebra.

Después de desayunar, emprendí la búsqueda. La isla era muy pequeña, así que, en cualquier caso, no iban a estar muy lejos. El día estaba despejado, pero hacía viento, de modo que me puse el jersey y el anorak para evitar el aire. Cogí el camino de la izquierda como decía la nota. El suelo estaba seco, a diferencia de los humedales de la cabaña de la montaña. Había una vegetación muy baja, así que la roca estaba allí mismo. En algunas zonas solo crecían líquenes: manchas redondas y anaranjadas. Al principio me parecieron artificiales, como grafitis; solamente cuando me acerqué y las toqué, me di cuenta de que eran como pequeñas capas de microscópicos seres vivos. Y siempre, invariablemente, formaban círculos. Parecían señales, pero no lo eran, solo eran avisos de la vida. Nada más. Y nada menos...

Seguí caminando. A unos cincuenta metros de la cabaña había una colonia de pájaros. Eran más pequeños que las gaviotas, muy blancos y con la cabeza y parte del lomo negros. Emitían permanentemente un gruñido poco amistoso. La tarde anterior, su parlanchín piar nos acompañó durante la cena. Me habían caído simpáticos. Los estuve observando mientras caminaba. Estaban quietos sobre los roquedales, junto al mar. En cuanto se acercaba una gaviota, levantaban el vuelo y la perseguían sin descanso hasta que conseguían que saliera de su territorio. Eran la mitad de grandes que ellas, pero las atemorizaban con sus gritos de guerra. Empezaron a no gustarme tanto. Me acerqué un poco a los roquedales. ¡Santo Dios! Vinieron unos cuantos hacia mí, uno detrás del otro. Se acercaban a mi cabeza y se paraban a unos veinte centímetros, chillando de manera escandalosa. Se iba uno y venía otro y otro. Me coloqué la capucha del chubasquero. Me daba la impresión de que podían atacarme de verdad en cualquier momento. Me acordé de una película de Hitchcock, la que se titula *Los pájaros,* en la que bandadas de aves negras arrasan una población. Y aquellos plumíferos eran capaces de acabar conmigo. Me alejé lo más que pude de su zona. Uno de ellos me siguió un rato. Fue desagradable. Por fin, me abandonó y me dejó continuar mi camino. Respiré tranquilo. Había salido de su territorio, como las gaviotas, y ya no había nada que temer. Había pasado miedo, la verdad. Un pájaro sobre tu cabeza, planeando con el pico abierto y gritando, no es la mejor compañía. Les perdí toda la simpatía que me habían suscitado el día anterior.

Desde donde estaba podía ver el mar abierto. El viento movía la superficie y las olas eran bastante altas. El océano estaba lleno de crestas blancas que parecían querer volar. Me giré para observar el interior de la ensenada: allí el mar estaba en calma, claro y tranquilo. Parecían dos mares diferentes en dos momentos distintos. Sin embargo, era el mismo mar, el mismo espacio y el mismo tiempo. Imaginé a todos aquellos hombres que habían vivido allí, en nuestra cabaña y en las demás, y los vi saliendo a pescar en condiciones aún peores que las que estaba viendo, en pleno invierno, con gruesos jerséis de lana e impermeables, batiéndose con las olas y con los bacalaos. Me volví a sentir un ser privilegiado por dos motivos: por estar allí y por no haber sido uno de ellos.

—¡Eh, Arturo! ¡Aquí! ¡Estamos aquí! —era la voz de Karin la que me llamaba.

Me di la vuelta y los vi. No estaban pescando, el tiempo estaba demasiado revuelto y era peligroso estar cerca de las rocas en el mar abierto. Los saludé con los dos brazos y fui hacia ellos.

—Buenos días, dormilón. Dormías tan a gusto, tenías una cara de felicidad tan grande que no me atreví a despertarte —me dijo Erik.

—No sé por qué, pero aquí duermo mucho. Debe ser que he perdido la noción de qué es el día y qué es la noche —bromeé—. ¿Habéis pescado algo? —pregunté mientras me acercaba.

—No, nada, no es tan fácil. El mar está complicado —contestó Brigita—. Si se calma, podemos salir con la lancha esta tarde a mar abierto. Pero ahora es peligroso.

—La vida es peligrosa —le contesté, repitiendo sus palabras del día anterior.

—Sí, pero no hay que correr riesgos innecesarios, ¿no te parece? —afirmó.

—Por supuesto. Te puedo asegurar que yo no montaría en la barca ahora —continué—. Ni aunque tú me lo pidieras.

Me mordí la lengua en cuanto hube pronunciado aquella frase. ¿Por qué dije semejante tontería? Brigita podía pensar que me gustaba, lo que era cierto, aunque ni yo mismo quisiera reconocerlo. Pero también podía creer que aquello era, en verdad, una invitación.

Y yo no quería que lo fuera. ¿O tal vez sí? Tal vez tenía muy claras algunas cosas en mi cabeza, pero no en mi boca. Quizás mis cuerdas vocales eran independientes, tenían vida y decisiones propias y emitían los sonidos que les daba la gana, sin tener en cuenta las decisiones de mi cerebro. Era como el mar, tranquilo y sosegado por un lado, y tempestuoso y apasionado por otro. Estaba hecho un lío y Brigita debió darse cuenta. Hizo como si no hubiera oído mi comentario.

—Les decía a tus amigos que mañana por la mañana llamaré al museo para advertirles de que vais a ir a buscar la llave. No es una demanda muy habitual, así estarán avisados —me dijo, mientras Erik y Karin se agachaban a más de cincuenta metros de donde estábamos nosotros y se paraban a observar el suelo—. ¿Tus amigos son novios?

—No, nada de eso. Son buenos amigos. Se conocen desde la guardería —la verdad es que yo tampoco sabía a ciencia cierta qué tipo de relación tenían. A veces me parecía que eran más que amigos, pero luego algún detalle lo desmentía—. ¿Crees que encontraremos la llave en el museo?

—No lo sé. Si estaba aquí cuando la cabaña pasó a formar parte del patrimonio, seguro que sí. Pero, tal vez, los dueños vendieron los muebles en alguna subasta. Eso se solía hacer muy a menudo. En ese caso será difícil que la recuperéis —me explicó—. A lo mejor tenéis suerte. Dime una cosa —mi corazón empezó a latir más deprisa—. ¿Por qué es tan importante encontrar esa llave?

Mi corazón se desaceleró. La pregunta era muy inocente.

—Queremos saber qué hay en la caja a la que pertenece la llave. Sospechamos que hay libros o cuadernos y...

No me dejó terminar.

—¿Y por qué es tan importante leer lo que hay en esos cuadernos?

Brigita se iba acercando cada vez más a mí. Me había cogido un brazo con su mano. Notaba sus dedos a través de mi impermeable, de mi jersey. Creo que el color rojo se me subió del chubasquero a la cara.

—Pues..., yo..., nosotros..., esto..., creemos que... —su mano empezó a subir por el brazo hasta que llegó a mi hombro. Su mirada sonreía tanto o más que sus labios, que se mojaba con la lengua muy lentamente. Continué—: Creemos que tienen que ver con la abuela de Erik, con algo que pasó...

—¿Con algo que pasó? ¿Y qué crees tú que pasó? —y empezó a meter su mano por mi cuello y a desabrocharme el impermeable.

—Pues que... que algo pasó... durante la guerra.

Me estaba poniendo muy nervioso. No sabía qué hacer. Por fin, me decidí.

—Brigita...

—¿Sí, Arturo? Tienes nombre de rey.

—Sí, de la Mesa Redonda, ya lo sé. Brigita...

—¿Qué, Arturo? —pronunciaba mi nombre con un ligero acento entre noruego y guatemalteco que rebosaba sensualidad: me di cuenta por primera vez de que para decir Arturo hay que mover mucho los labios. Nunca me había parecido que mi nombre pudiera ser tan... atractivo.

—Brigita..., saca tu mano de ahí, por favor.

No sé por qué lo dije, pero lo dije. No quería hacerlo. En aquel momento, la balanza de mis pensamientos se centraba en poder pasar un rato estupendo con una criatura aún más estupenda. Pero lo había dicho. Ella sacó su mano de mi cuello. Me miró, abrió la boca, la cerró en un gesto que quería decir muchas cosas, y al final las dijo:

—Vaya, Arturo, me lo podías haber dicho antes. Una chica lo pasa mal cuando las cosas terminan así, ¿sabes?

—¿Decirte qué?

—Pues que eres gay, ¿qué va a ser?

Y se marchó hacia donde estaban Erik y Karin. Me quedé helado. ¿Creía que yo era gay porque no quería tener un rollo con ella? No era gay. Siempre me han gustado las chicas más que un helado de fresa y chocolate, que son mis favoritos, como en aquella maravillosa película cubana. Jamás había dudado de mi identidad sexual. Es verdad que siempre he ido a las manifestaciones del orgullo gay por solidaridad, pero yo no lo era. Y Brigita se creía que sí. ¿Qué podía hacer?

—¡Brigita! —la llamé.

—Perdona, de verdad, no era mi intención, no sé, me gustaste desde que te vi cuando llegasteis. Nunca tengo buen ojo para los homosexuales. ¿Sabes? No es la primera vez que me pasa ni la segunda ni tampoco la tercera.

Brigita no sabía adónde mirar.

—No soy gay. Esta vez has tenido buen ojo —y la cogí de los hombros con las dos manos.

—¿Que no eres gay? Entonces, ¿por qué no te gusto? —la lógica de Brigita era aplastante.

—No tiene nada que ver una cosa con la otra. Además, sí que me gustas —le dije, a la vez que le levantaba la barbilla, que podía dar en el suelo en cualquier momento.

—Déjalo, es igual, no te esfuerces en ser amable. No importa, de verdad. Estoy bien —y sonrió—. La vida es riesgo, ¿no? Pues ya está, se juega, se gana o se pierde —y me dio un beso en la mejilla derecha.

—¿Amigos? —le pregunté.

—Amigos —y me dio un fuerte apretón de manos—. Eres un chico estupendo, Arturo. Es mejor así. Podrías gustarme demasiado.

—¿Aunque fuera gay?

—Pero ¿es que eres gay? —preguntó, confundida, desde dentro de una sonrisa que transparentaba todo lo que estaba pensando en aquel momento.

—No, es una broma —y le di un beso en la mejilla—. Eres un encanto y podrías gustarme demasiado.

—Eso lo dije yo antes —protestó.

—Pero yo lo puedo repetir, ¿no?

Volvió a sonreír, esta vez desde el fondo de su superjersey de lana.

—¡Eh, chicos! Venid —era Karin la que nos llamaba intentando que la oyéramos, pero sin gritar.

—¿Qué pasa? —preguntó Brigita.

—No habléis alto. Venid y veréis —ordenó Erik—. Muy despacio, acercaos muy despacio.

Nos acercamos con sigilo. ¿Qué pasaba?

—Mirad aquí, ahí, en el suelo, ¿no lo veis? —preguntó Karin al delatar nuestra cara que no veíamos nada.

—Yo no veo nada —repliqué.

—Deberías aprender a observar un poco más lo que pasa a tu alrededor —me dijo Brigita.

La miré con ganas de darle un beso como los que daba Cary Grant en aquellas películas que les gustaban a mi madre y a su amiga, pero me contuve. De nuevo me contuve.

—¿Tú ves algo o qué? —le pregunté, seguro de que no veía mucho más que yo.

—Pues no, es que yo tampoco distingo bien lo que tengo delante de mis narices —respondió.

—¿Pero qué diablos os pasa a vosotros dos? Y dejad de hablar tan alto —no hablábamos alto, pero Erik pensaba que sí—. Vais a despertarlo.

—Despertar, ¿a quién? —preguntó Brigita, que con toda la historia anterior parecía haber perdido su capacidad de observación.

—Al pájaro, ¿no lo veis? Cuidado, no lo vayas a pisar —me dijo Karin ante un leve movimiento de mi pierna izquierda.

—Es una cría. Los padres están merodeando. No nos gritan ni nos espantan. Solo vigilan —explicó Erik.

—Si vieran que nos acercábamos demasiado, empezarían a defender a su polluelo —dijo Brigita—. Es precioso, tan suave que dan ganas de tocarlo. No lo voy a hacer, no os preocupéis.

—Será mejor que nos marchemos antes de que nos tomen por seres peligrosos —dijo Karin.

—No lo harán. Por aquí vienen pocas personas. Saben que no somos un peligro. Además, nadie caza pájaros del mar, ni siquiera cuando son crías. ¿Os habéis parado a pensar por qué ni las gaviotas ni los frailecillos ni ninguna ave marina se come? —preguntó Brigita, que siempre tenía el don de sorprendernos.

—No, nunca se me había ocurrido. Pero ahora que lo dices, es verdad, nunca he oído que alguien haya cazado gaviotas ni que se coman, ¿por qué? —reflexionó Erik.

—Dicen que saben a pescado y que los peces sepan a pescado está bien, pero no los pájaros. Cosas de la naturaleza humana. En cualquier caso, gracias a su mal sabor están todas estas aves aquí. Si no, os aseguro que habrían corrido otra suerte muy diferente.

—Yo no estoy tan contento de que todos estos pájaros estén aquí —dije, y mis compañeros me miraron como si hubiera dicho una herejía antiecológica—. Cuando venía hacia aquí, me han atacado unos cuantos.

—Están en periodo de cría. Te arañarían si pudieran. Todas las especies de la familia de la gaviota son así de agresivas cuando tienen polluelos. En cambio, esta otra pareja no —aclaró Brigita, que sabía todos los secretos de la isla—. ¿Qué hora es? ¡Uf!, casi se me hace tarde. Tengo que volver a mi cabaña, a esta hora he de conectar el teléfono. Y tengo muchas cosas que hacer, he de atender a los demás visitantes. Van a pensar que os estoy tratando demasiado bien y que a ellos los tengo abandonados. Además, alguien tendrá que arreglar el ruido de mi lancha. Quizás os vea esta noche. Hasta luego.

No se volvió a mirarme. Creo que se marchó herida. Si al menos hubiera sido homosexual, las cosas hubieran sido diferentes, pero así se sentía rechazada. Y sé por experiencia que no es una buena sensación.

—Está un poco rara, ¿no? —comentó Karin, así como quien no quiere la cosa.

—Estará esperando el periodo. Tú también te pones rarita cuando te va a venir —le contestó Erik.

—No sé, ha sido de pronto, cuando habéis venido a ver el pájaro. Antes estaba..., no sé..., de otra manera. ¿De qué habéis estado hablando tanto rato, Arturo, si puede saberse?

Me molestó la pregunta tan directa de Karin. A Erik le sorprendió.

—¿Por qué eres tan indiscreta? ¿A ti qué te importa? —le preguntó. Yo se lo agradecí.

—Bueno, nada, qué susceptibles, era solo por curiosidad —se excusó.

—No importa. No hablamos de nada importante. Comentamos cosas sobre Gjaeslingan, los pescadores, el mar, esas cosas —mentí. No tenía ganas de contarle nada más.

—Pues os mirabais de una manera... —esta vez fue Erik el que quería sonsacarme.

—También vosotros os miráis de... muchas maneras y yo no digo nada, ¿vale? —protesté.

—Vale, vale. ¿Nos vamos a casa? —preguntó Karin.

Les debí tocar donde más les dolía, pues ya no volvieron a mencionar mi escena con Brigita en todo el día. Yo estaba nervioso por lo que había pasado o, mejor dicho, por lo que no había pasado y podía haber pasado. Me fui delante de ellos hacia la casa. Esta vez me cuidé de no pasar junto a la colonia de los pájaros antipáticos.

Algunas veces me sentía fuera de lugar en todos los sentidos. Me preguntaba qué hacía yo allí, en un país extranjero, hablando un idioma que no era el de nadie, buscando una llave que no sabíamos siquiera si existía, para abrir una caja que no tenía que ver conmigo. Pensaba así cuando estaba resentido por algo y veía todo negro. Afortunadamente, eso pasaba muy pocas veces. La mayoría del tiempo estaba encantado de disfrutar de uno de los lugares más hermosos que podía imaginar, de investigar el pasado de una mujer que había perdido sus recuerdos y ayudarla a recobrarlos. Y, por qué no, también estaba encantado de compartir todo eso con dos personas llenas de alegría, a pesar de los pesares, que me habían acogido dentro de su vida, Karin y Erik. Y a partir de entonces, tendría que estar, además, encantado de que una chica como Brigita me hubiera intentado seducir. ¿Solo intentado?

22

Nuestra última noche en la isla

Aquella tarde se acercó Brigita a nuestro islote. Vino con una barca de remos parecida a la nuestra porque su lancha estaba realmente averiada.

—Os he traído pescado. Ya que esta mañana no hemos podido pescar, he comprado unos peces a un pescador de las islas. ¿Qué os parece si hacemos una hoguera y los asamos aquí fuera?

—¡Estupendo! Será una buena manera de decir adiós a Gjaeslingan —respondió Erik—. Mañana, el barco sale muy temprano, así que no tendremos tiempo de nada.

—Por eso se me había ocurrido hacer algo especial. He traído refrescos, en mi cabaña sí que tengo frigorífico —explicó Brigita. Y sacó de su bote varias cajas con viandas para la cena. Karin y ella fueron las encargadas de encender el fuego.

—Como en la época de los vikingos. Las mujeres tenían la responsabilidad de que el fuego no se acabase. Y no pienses que es tan fácil, Arturo, hay que controlarlo —comentó Karin.

—Nosotros limpiaremos los peces, ¿te parece? —me preguntó Erik.

La idea no me entusiasmaba, pero estaba claro que no me quedaba otro remedio. Así que intenté parecer encantado con la idea.

—Sí, estupendo...

Pasamos la tarde entre el olor del pescado asado a la brasa, el del mar y el de la colonia que Brigita se había puesto. Era la primera vez que lo notaba. Pensé si no se la habría puesto para seducirme mediante el perfume. De vez en cuando me miraba de reojo. Ya no sabía si seguía pensando que era homosexual o si creía que era un reprimido imbécil. Y tampoco sabía qué opción era la que menos me disgustaba.

Llegó la hora de despedirse.

—Bueno, yo me retiro, que mañana es día de trabajo. Vienen nuevos visitantes, tendré que limpiar y organizar las cabañas. Así que he de irme pronto a la cama.

—¿Quieres que te acompañe? —me atreví a decirle. Vi el codazo que Karin le daba a Erik, aunque su intención era que no me diera cuenta.

—Es un poco complicado, Arturo. Deberíamos ir en dos botes, tendrías que remar. No vale la pena —dijo. ¿Por qué creía que no valía la pena?

—No importa. Puedo ir solo en la barca. Estos días he visto cómo lo hacéis vosotros y creo que puedo hacerlo solo —mentí. La verdad es que ni sabía por qué estaba diciendo todo aquello.

—Nos despediremos aquí, si no te importa, Arturo. Buenas noches, chicos, me ha encantado conoceros, lo he pasado bien, lástima que esta mañana... —creí que iba a mencionar algo relacionado con mi actuación, lo que me habría dejado en evidencia, pero no— no hayamos podido salir con la lancha a pescar. Queda pendiente, así tenéis una razón para volver por aquí, ¿de acuerdo?

Se acercó a Karin y a Erik y les dio dos besos a cada uno. Parecía que de mí se hubiera olvidado. Pensé que me lo merecía, que era mi castigo por haber hecho el idiota. Pero ¿cómo podía solucionarlo? Mis dos amigos entraron en la cabaña y nos dejaron solos bajo la luz del sol de medianoche, que estaba allí iluminando mi estupidez. La seguí hasta el bote y la ayudé con las cajas de refrescos y comida que habían sobrado. Se metió en la barca y yo me quedé fuera.

—Gracias, Arturo, has sido muy amable.

—No digas tonterías. He sido un imbécil.

—¿Lo dices por lo de esta mañana? —preguntó, aunque ya sabía la respuesta—. Mira, no sé qué pensar de ti, si eres gay o no, o si no te gusto o...

—Sí que me gustas —la corté—, solo que no quiero que me gustes demasiado y luego pasarlo mal. Me voy mañana y no voy a volver por aquí.

—Muy típico. Piensas en la posibilidad de pasarlo mal tú —la había fastidiado todavía más, no tenía remedio—. Y yo, ¿qué?

—Ni tú ni yo, ¿vale? —respondí.

—¿Te crees tan estupendo como para que yo llorara tu ausencia el resto de mi vida? No, no, de eso nada. Nadie se merece algo así, ni tú ni yo.

E hizo ademán de coger la cuerda. Me indicó con los ojos que la soltase del poste. En vez de hacerlo, salté a la barca.

—¿Pero qué haces? ¿Quieres que nos hundamos? —el salto había movido la barca más de la cuenta.

—No, lo que quiero es besarte —me armé de valor y pronuncié las palabras mágicas.

—Vamos, sal de aquí, no tienes ninguna gana de besarme. ¿Por qué ibas a querer hacerlo? —parecía enfadada o confundida o qué sé yo qué.

—¿Por qué? Pues porque no soy gay, porque eres una chica y yo soy un chico, y además, detalle para tener en cuenta, me gustas, y mucho, desde que llegamos. Cada vez que te veo, se me pone un nudo aquí, en la garganta, el corazón me va más deprisa y en mi organismo se despiertan variadas reacciones químicas que no tengo tiempo de exponerte aquí, porque tú tienes prisa por irte a dormir y yo tengo prisa por darte un beso, porque ya no puedo más.

No sé cómo fui capaz de decirle todo aquello, pero se lo dije de un tirón, allí, dentro de una barca de remos, a la orilla del mar, en la noche clara, clarísima, con el sol a punto de desaparecer para volver a salir dentro de diez minutos. No era la declaración más romántica, no eran las palabras que le decía Cary Grant en *Charada* a Audrey Hepburn o las de Robert Redford a Meryl Streep en *Memorias de África*. Me dediqué a hablarle de química, de gargantas y de prisas. ¡Ah!

El resultado fue que Brigita se quedó callada después de escucharme y procesar mis palabras, y tal vez verterlas a su propio idioma desde el mío, que ¡a saber cómo sonarían en noruego...! Solo después de unos minutos me miró, me cogió las manos entre las suyas y dijo:

—¿Pues a qué demonios estás esperando?

Tomé aire para no ahogarme. Me levanté para sentarme junto a ella. El bote empezó a balancearse peligrosamente. ¿Y si mi aventura terminaba en el agua? Conseguí colocarme a su lado. Acerqué mi cara a la suya y busqué sus labios, que me esperaban. Los míos también estaban hambrientos de los suyos. Y así estuvimos, besándonos mucho y muchas veces hasta que se hizo aún más de día.

Nunca había besado así a una chica, por eso me daba tanto miedo hacerlo. Y además, no quería quedar mal ante ella, precisamente ante Brigita, que era un poco mayor y seguro que tenía más experiencia que yo, que no tenía ninguna. Pero no salió mal, había visto tantas películas con besos que había aprendido la técnica. Muchas noches, en mi habitación, fantaseaba sobre cómo besaría a mi primera chica. Me imaginaba besando a no sabía muy bien quién con toda la pasión de los besos cortados del cine en *Cinema Paradiso*, aquella película italiana tan tierna que les encantaba a mi madre y a su amiga Carmen.

—Tengo que irme, Arturo, es muy tarde —como Cenicienta, Brigita también tenía que marcharse.

—¿Te han gustado mis besos?

No sé si era una pregunta inteligente, pero fue la única que se me ocurrió.

—Han sido los besos más dulces, Arturo. Pero ahora tenemos que despedirnos —y se levantó para coger la cuerda—. Cuando salgas, suelta el amarre, por favor.

—Ha sido muy..., ha sido estupendo. No lo olvidaré —dije, mientras me levantaba yo también.

—Bueno, adiós, hasta otra vez —y me tendió la mano. ¿Íbamos a darnos la mano para despedirnos, como si fuéramos dos embajadores?

Me acerqué de nuevo a ella, le cogí la cara con las dos manos y la volví a besar. Fue un beso lento, muy lento, y largo, muy largo. Mi boca sabía a la suya. ¿Cómo podría retener aquel sabor en mi memoria?

—Me contaréis lo que pasa con la caja, ¿de acuerdo? Estaremos en contacto. Y ahora, adiós.

Yo no dije nada, mi voz hubiera delatado que estaba más emocionado de lo que quería estar.

Bajé por fin de la barca y deshice el nudo de la cuerda. La embarcación empezó a deslizarse. Con la luz de la noche parecía que patinaba sobre el mar. Y dentro estaba ella, como una sirena que vino del mar para que yo pudiera dar mi primer beso.

Entré en la cabaña y subí a la habitación. Erik dormía y no se despertó. Yo no pude dormirme ya. Quedaban pocas horas hasta que tuviéramos que levantarnos. Estuve pensando en los besos de Brigita y en que nunca me volvería a lavar los dientes.

A la mañana siguiente empaquetamos todo en nuestras mochilas y subimos a la barca para ir al puerto.

—¿Quieres remar tú? —me preguntó Erik.

—Anoche debiste practicar mucho con la barca de Brigita. Ahora seguro que eres un remero consumado —me dijo Karin, que debía estar despierta cuando entré en la cabaña.

—No remamos. Estuvimos hablando —mentí.

—Ya, ya, ¿quieres remar? —la pregunta de Erik iba más allá de la broma. Quería que me diera cuenta de algo—. Sé que puedes hacerlo.

—Vamos allá —dije y cogí los remos. Erik desenganchó el amarre—. ¿Preparados?

Nunca había cogido unos remos, pero tampoco había besado nunca a ninguna chica y había sido capaz de hacerlo. ¿Así que por qué no iba a poder llevar la nave a puerto?

Llegamos con el tiempo justo de embarcar. Había ido tan lento que casi perdimos el catamarán. En el muelle estaba Brigita.

—Vamos, chicos, que casi perdéis el barco. Muy bien, Arturo, remas muy bien. Todo lo haces muy bien —esto último me lo dijo al oído, afortunadamente...

Todo fue muy rápido y no hubo tiempo de más despedidas. Lo agradecí. Una despedida más de Brigita y me habría quedado en tierra.

En cuanto estuvimos arriba, dejó de mirarnos. Tenía nuevos visitantes que recibir y organizar en las cabañas. Desde la popa del barco la vi alejarse y convertirse en un punto de color azul en medio de la isla. Nosotros íbamos ya rumbo a Rervik, donde nos esperaba una llave.

23

En el museo de Rervik, un enigmático profesor

El barco había zarpado de Gjaeslingan a las nueve de la mañana y llegamos a Rervik poco antes de las diez. El Museo del Mar estaba a orillas del fiordo, junto al puerto. Cargamos nuestras mochilas a la espalda, ya mucho menos pesadas que cuando llegamos, y nos encaminamos hacia allí. El edificio era moderno, de cristal, madera y metal. El vestíbulo estaba lleno de la luz que venía de todas partes. Desde los ventanales que llegaban hasta el suelo, veíamos pescadores que con sus cañas estaban teniendo más éxito que nosotros en las islas. Peces grandes y pequeños saltaban en el suelo y lo mojaban una y otra vez.

—Luego los serviremos en el restaurante del museo —nos dijo una voz masculina detrás de nosotros—. Si queréis comer con nosotros, estáis invitados. Sois los chicos que vienen de Gjaeslingan, ¿no? La señorita Nilsen me ha llamado esta mañana y me ha dicho que vendríais y que buscabais algo, ¿no es así?

—Sí, eso es, estamos buscando una llave —le contestó Erik.

—Bueno, antes de nada, debo presentarme, soy el profesor Einar, director del museo —y nos estrechó la mano a los tres.

—Erik Johansen.

—Karin Aamodt.

—Arturo Casanova —me presenté.

—¡Ah!, tú eres el chico español —era obvio por mi pelo, mi cara y mi nombre—. Brigita me ha contado que uno de vosotros no era noruego y que... Bueno, parece ser que buscáis una llave que pertenecía a Lyngsnebua. Cuando las cabañas pasaron a ser propiedad del museo, la mayoría de los propietarios se llevaron las pertenencias, y otros las dejaron para subastar. Esto pasó hace unos veinte años. Muchos objetos se vendieron para granjas, coleccionistas y decoraciones de cabañas privadas. El museo aún no existía. Esto que aquí veis se inauguró hace cuatro años. Y las cosas que tenemos vienen de donaciones de gente de por aquí, de las investigaciones que nuestros expertos han hecho sobre la historia de las islas y de los fondos de los diferentes museos locales de la región.

—Eso quiere decir que va a ser muy difícil encontrar la llave que buscamos —dijo, bastante desolado, Erik.

Yo, con el asunto de Brigita, casi me había olvidado del tema. Me costaba calentar motores en casi todo.

—Déjame continuar, muchacho —a aquel señor de barba recortada, gafas redondas y pelo gris le molestó que Erik lo interrumpiera—. Como os decía, el origen de los objetos que tenemos es muy variado. Es casi imposible determinar a qué isla, a qué cabaña, a qué granja... pertenecían. Si el museo se hubiera constituido antes, todo estaría perfectamente catalogado, pero no es así.

—¿Entonces? —se arriesgó a preguntar Karin.

Aquel hombre hablaba y hablaba, pero no llegaba a ningún sitio.

—¿Queréis encontrar una llave? ¿Sí? Pues dejadme seguir con mi explicación —el caso era que no sabíamos si tenía o no tenía la dichosa llave—. Como os iba diciendo, tenemos muchos objetos, algunos están expuestos en el museo, los más significativos, los que ilustran la historia de nuestros mares, de la pesca del bacalao. Pero tenemos muchas otras piezas en nuestros archivos. Y tenemos muchas llaves.

—¿Podemos verlas? —preguntó Erik, que ya se empezaba a impacientar.

—Sí, claro, venid por aquí —dijo con tono de protesta. Estaba claro que desistía de contarnos toda la historia de sus mares y sus islas. Ya que él no nos iba a contar más, quería que tomásemos su papel—. Decidme una cosa, ¿por qué estáis tan interesados en esa llave? ¿Abre algún cofre del tesoro?

—Más o menos —le respondió mi amigo—. Debería abrir una caja en la que hay libros y cuadernos.

—¿Libros y cuadernos? —preguntó con cierto tono de asombro—. ¿Sois bibliófilos?

—Biblio... ¿qué? —preguntó Karin.

—Ya veo que no lo sois. Si lo fuerais, conoceríais el significado de esa palabra. Bibliófilo quiere decir amigo, amante de los libros, aficionado a los libros —explicó mientras nos iba conduciendo por los pasillos interiores del museo—. ¿Y sobre qué son esos libros?

—Libros o cuadernos —puntualizó Erik—. Todavía no estamos seguros. Creemos que la caja contiene algo que perteneció a mi abuela Elsa, probablemente sus diarios. La encontramos en nuestro jardín, que está construido sobre las ruinas de un campo de concentración alemán. Pensamos que hay algo dentro que nos puede contar experiencias que vivió mi abuela durante la guerra.

—¿Y tu abuela vive todavía, Erik? —preguntó el director.

—Sí —contestó.

—¿Y está bien? Quiero decir si está bien de salud —siguió preguntando. ¿Adónde querría llegar?

—Tiene problemas con su memoria —le respondió.

—¿Y estáis seguros de que os vais a encontrar con un pasado que ella quiere recordar? —aquella pregunta nos mantuvo callados unos instantes—. Tal vez le vais a descubrir algo de lo que es mejor no acordarse. ¿Lo habéis pensado bien?

—Pues verá —le expliqué yo—: la propia abuela de Erik nos ha traído hasta aquí —me miró con cara de sorpresa—. Cada vez que la hemos ido a ver con información nueva, nos ha ido dando pistas que nos han conducido hasta este lugar. Estamos seguros de que quiere que recobremos su memoria. Probablemente, tiene algunos momentos en que recuerda imágenes, palabras, escenas de eso que ocurrió, pero no tiene la historia, la película completa. Y Elsa quiere recuperar la película entera de un episodio de su vida.

—¿Y si resulta que ese episodio de su vida es algo que marcó el resto de sus días? ¿Y si resulta que aquello que ocurrió es algo terrible y descubrirlo le causa tristeza hasta su muerte?

Aquel hombre era muy duro en sus reflexiones.

Erik y yo nos miramos. Aquellas consideraciones nos recordaron a ambos el episodio de la tormenta en la cabaña. Quizás la verdad era algo terrible que valía más no remover. Pero, en cualquier caso, parecía que Elsa quería descubrirla. Probablemente, su curiosidad hacia aquel periodo de su vida era más grande que cualquier otra cosa. Estábamos seguros. La vida tiene riesgos, es peligrosa. Vivir lo es, y la verdad también puede serlo. Pero parecía que Elsa quería correr ese riesgo. Aquello era algo que había aprendido de Brigita, de sus besos y de las gaviotas.

—Creo que mi abuela quiere arriesgarse y saber la verdad, aunque sea terrible —dijo Erik, que había hecho la misma reflexión que yo.

—Bueno, esa es una decisión vuestra y de ella, ¿has dicho que se llama Elsa? Y decidme una cosa, tendréis que perdonar mi curiosidad, pero ¿por qué la llave vino precisamente a este lugar?

Erik le contó que su abuela era de Trondheim y que allí había vivido hasta que terminó la guerra, pero que después se fue al norte y allí había conocido al que sería su marido, cuya familia era la propietaria de la cabaña de la isla.

—Es decir, que tu abuela vino al norte después de la guerra. Dejó su ciudad cuando terminó la contienda. ¿Sabéis por qué se marchó?

El profesor Einar se tocaba la barba mientras decía estas palabras.

—Esa es una de las razones por las que queremos leer esos cuadernos, creemos que allí estará esa información —le explicó Karin, que había estado muy callada todo el rato.

—Mi madre también era del sur y durante la guerra vino a Rervik. Nunca he sabido por qué. Murió cuando yo era muy joven. Nunca se lo pude preguntar. Y no he encontrado ninguna caja en el jardín que contenga la clave del secreto. Pero siempre he creído que es mejor no remover nada. Y espero que no me hagáis cambiar de opinión.

El profesor se había puesto nostálgico al recordar a su madre.

Habíamos llegado a una pequeña habitación llena de armarios cuyas puertas eran de cristal. En uno de ellos había llaves: grandes, pequeñas, de hierro, de acero, oxidadas, pulidas, brillantes... ¿Cómo podríamos averiguar cuál era la nuestra?

—No está catalogado su origen, como os he dicho. Pero vamos a ver, lo que tenemos que buscar es una llave de candado. Probablemente de la época de la guerra, o sea, de los años cuarenta. ¿Estaba pintada la caja? —preguntó.

—Hay restos de pintura azul y tiene una cenefa de latón repujado alrededor y restos de madera tallada. Está muy oxidada por la humedad de la tierra, ha debido estar enterrada muchos años. Pero es anterior a la guerra. Perteneció a la madre de mi abuela y aparece en una fotografía de principios de los años treinta —explicó Erik.

—Azul, ¿eh? Hacia los años treinta se vendieron en Noruega cajas de caudales que venían de Inglaterra. Había un modelo muy especial, llamado Windermere, como la dama del abanico, que era de un azul celeste claro y...

—¿Qué abanico? —interrumpió Karin.

—Me estoy refiriendo al título de una obra teatral de Oscar Wilde. Windermere es el nombre, además, de un pueblecito inglés que está a orillas de uno de los lagos del Lake District. Pero estábamos con las cajas que llevaban ese nombre, que tenían una cenefa de latón y una decoración en madera tallada con motivos vegetales. La cerradura quedaba tapada por una especie de puertecilla imantada.

—¡Es increíble! —exclamé—. Es nuestra caja.

—Déjame continuar, jovencito —definitivamente, no le gustaba que le cortaran cuando estaba inmerso en una explicación—. Las llaves tenían unas muescas muy especiales, redondeadas en vez de puntiagudas, y llevaban grabadas las iniciales de la familia Windermere, que eran los fabricantes.

—Hice una especie de molde de la cerradura. Pensé que podría servirnos para identificarla —dijo Erik, y sacó su trozo de plastilina.

—No, eso no nos va a servir de mucho, me temo. El modelo sí que es significativo. No se fabricaron muchas, y no todas llegaron a Noruega, eso es obvio. De modo que si encontramos una entre todas estas, es más que probable que sea la que buscamos.

El profesor se introdujo de lleno en nuestra búsqueda. Estaba claro que la historia de Elsa le había tocado algo muy personal.

Abrió el armario. Sacó todas las llaves que contenía y las fue observando atentamente una por una. No nos dejó tocarlas. Aquello era un tesoro que guardaba muchas historias encerradas en muchos lugares.

—¿Veis esta llave? Es de un baúl sueco del siglo XIX, ¿dónde estará ahora?

El profesor acariciaba las llaves como si fueran personas. Parecía meterse dentro de todo lo que encerraban.

—¿Y esta? Es de un pequeño cofre francés anterior a la Revolución. ¿Cómo vendría a parar a una cabaña de pescadores cerca del Ártico? —continuó.

—¿Y esta otra? —Karin señaló una llave muy grande y oxidada.

—Esa es de un antiguo galeón español que naufragó en nuestras aguas hace casi dos siglos. Vaya, debería estar en la exposición del museo, es una joya histórica. La dejaré aquí aparte —afirmó el profesor Einar.

—Sería demasiada casualidad que la encontráramos —exclamó Erik, que perdía las esperanzas de hallar la llave.

—¡Hum! Vamos a ver, ¿qué tenemos aquí? Sí, eso es. Es una llave de candado. Mirad, ¿no veis los restos de algo grabado? —y pasó sus dedos sin mirarla—. Sí, un escudo con una uve doble encima, como si fuera una corona. ¡Es la llave de una caja de caudales Windermere! No hay ninguna duda.

—¡La llave de la abuela! Es impresionante —musitó Erik, que estaba más emocionado que nunca. Se le podían adivinar los escalofríos.

—Observad el pomo, es también redondeado y tiene una decoración muy de la época. ¡Sí, chicos, esta es vuestra llave! Apostaría mi barba. Si ha habido otra caja en estas islas del mismo origen, sería capaz de cortármela.

Nos quedamos todos mirando la llave que el profesor había dejado en la otra mesa que había en la sala. Cuatro cabezas orientadas al vértice formado por la llave. Erik estaba casi temblando, Karin lo cogía del brazo. Yo lo miraba. ¡Por fin, podríamos conocer el secreto de Elsa!

—Bueno, muchachos, ya tenéis la llave. Ahora me gustaría que vierais el museo. Es espectacular y le podréis poner imágenes a la historia de las islas que habéis experimentado —nos dijo Einar—. Después, me encantará invitaros a comer. El cocinero hace una sopa de pescado deliciosa.

—De acuerdo, señor, será un placer pasar otro rato en su museo —contestó por todos Erik, que estaba muy tocado.

Karin lo tomó de la mano y yo rodeé sus hombros con mi brazo.

El museo era alucinante. En cada sala, además de fotografías del pasado y objetos de la vida marina, la ambientación era increíble: los olores a pescado seco en algunas salas, los sonidos de los pájaros, del mar embravecido, las voces de los marineros. ¡Era una pasada! ¡Y la sopa, una maravilla!

Einar nos acompañó hasta la parada del autobús. Cuando nos despedimos, el profesor le preguntó a Erik:

—¿Y dices que tu abuela se llama Elsa?

—Sí, pero ¿por qué me hace esa pregunta? Lo ha mencionado antes varias veces. ¿Qué tiene de especial ese nombre?

—Nada, nada de especial. Es solo que mi única hermana también se llama Elsa. ¡Qué casualidad!, ¿verdad?

—¿Y cómo se llamaba su madre, profesor? —inquirió Erik.

Karin y yo nos miramos, ¿a qué venía aquella pregunta?

—Inger, muchacho, mi madre se llamaba Inger.

Mi amigo sonrió mientras estrechaba la mano del director del museo.

24

De vuelta a Trondheim

Llegamos ya muy tarde a casa. No había nadie. Los padres de Erik seguían de vacaciones. Habían dejado varios mensajes en el contestador del teléfono: vendrían dentro de dos días. Así que todavía teníamos tiempo para terminar nuestra investigación antes de su llegada.

—Aquí está la llave por fin. ¿Probamos? —preguntó Erik balanceando la llave entre sus manos.

—¿No pretenderás que esperemos hasta mañana? —exclamé.

Sabía que Erik podía ser capaz de dejarlo para el día siguiente y sugerir que nos fuéramos a la cama a dormir.

—Ni lo sueñes —dijo Karin, que se había venido con nosotros—. Trae la caja inmediatamente.

Erik entró al despacho de su padre, que era donde estaba la caja, y la trajo. La colocó encima de la mesa del salón. Tomó aquella llave que acariciaba como si fuera la mano de una chica, levantó la diminuta tapa imantada y la introdujo en la cerradura. ¡Entraba! Comenzó a girarla hacia la derecha. ¡Giraba! De pronto, hizo clic y saltó el candado.

¡Habíamos abierto la caja! Una excursión a las montañas y otra a las islas habían dado su fruto.

Nuestras tres cabezas se juntaron por encima del objeto sagrado. Me di un golpe con la cabeza de Karin, que era bastante dura.

—¡Ay!, ¡apártate un poco, anda! —dijo.

—Apartémonos todos un poco, casi no hay luz, no se ve nada —Erik estaba emocionado.

—Voy a encender esa lámpara —y Karin dio todas las luces del salón.

—¿Qué hay dentro? —dije yo.

Era la gran pregunta para la que por fin íbamos a tener respuesta.

Erik introdujo la mano y fue sacando lo que aquella caja había encerrado durante muchos años: el secreto mejor guardado de Elsa.

Uno a uno fueron apareciendo hasta siete cuadernos con fechas en las descoloridas tapas. Erik abrió uno de ellos.

—Es la caligrafía de la abuela. ¡Son sus diarios! —exclamó.

Efectivamente, aquellos eran los diarios de Elsa, lo que quería decir, ni más ni menos, que mi tesis era correcta. Yo tenía razón. Elsa deseaba recuperar una parte de su vida que sabía perdida. Y lo iba a hacer a través de nosotros. ¡Estábamos a punto de conseguirlo!

—Mirad las fechas —dijo Karin.

—Sí, arrancan en la Segunda Guerra Mundial. La abuela empezó a escribir en 1940 y terminó en 1964. Me pregunto por qué decidiría dejar de hacerlo precisamente entonces —reflexionó Erik, que acariciaba las tapas de aquellos cuadernillos como había hecho yo la noche anterior con la piel de Brigita.

—La respuesta está ahí dentro —afirmé, categórico.

—¿Y si resulta que lo que encontramos no nos gusta, como dijo el profesor Einar? —se preguntó Erik en voz alta.

—Lo que pasó está ahí, en los diarios y en la vida. Si Elsa los escribió, sería por algo, ¿no? —repuse.

—Creo que Arturo tiene razón —me apoyó Karin, que casi nunca lo hacía—. Si hubiera habido algo muy comprometido o algo que debiera permanecer oculto, secreto para siempre, ella no lo hubiera puesto por escrito ni lo hubiera metido en esta caja. Las palabras se las lleva el viento, pero lo que se escribe, permanece.

—Además —continué—, estoy convencido de que Elsa quiere saber lo que le ocurrió, quiere recuperar esa parte de su vida que se había quedado encerrada y enterrada en ese jardín.

Sabía que esta idea ya la había puesto en palabras muchas veces, pero no me importaba repetirla.

—Hay algo más —dijo Erik, después de volver a meter la mano en la caja.

—¿Qué es? —preguntamos al unísono Karin y yo.

—¡Cartas! Son cartas. Dirigidas a la abuela con su apellido de soltera. Remitente: Henrik Arturo Brandauer —leyó Erik.

—Es un apellido alemán —dijo Karin—. ¿Y el matasellos? ¿De dónde vienen?

—De Berlín, vienen de Berlín. Tres cartas, dos de 1950 y una de 1951 —respondió.

—Arturo... Tu abuela, cuando me conoció, mencionó a un Arturo, mi nombre le recordaba a alguien —comenté—. Sí, dijo algo de un traje gris. Arturo siempre vestía un traje gris.

—Quizás no era un traje —Erik daba pequeños golpecitos en la mesa con las cartas—. Tal vez era un uniforme.

—¿Un uniforme? —pregunté.

—¿Recuerdas, Arturo, cuando estuvimos en la cabaña de la montaña? En el libro, la abuela decía que H. no sabía esquiar, lo que nos extrañó mucho.

—Te extrañó a ti. Me dijiste que todos los noruegos sabían esquiar. Para mí —continué— no era tan raro.

—Aquel hombre con el que subió la abuela era Henrik Arturo Brandauer, un alemán, un soldado alemán, como me había imaginado. Ahora es evidente —afirmó Erik, a la vez que nos miraba alternativamente a Karin y a mí.

—Erik, pones una cara como si... —empezó a decirle su amiga.

—Mi abuela se enamoró de un soldado ocupante, de un enemigo. A mi bisabuelo, o sea, a su padre, lo mataron los nazis. ¿Cómo es posible?

Erik estaba enfadado. Era una reacción parecida a la que tuvo en la cabaña de las montañas, cuando aquello era solo una sospecha. Debía estar pensando que no había sido una buena idea ni encontrar la caja ni su llave ni la combinación ni nada de lo que habíamos hecho.

—No te pongas así, Erik, no seas idiota —le dijo Karin, yo no me hubiera atrevido a llamarlo idiota en aquellos momentos—. Si es verdad que tu abuela se enamoró de un enemigo, cosa que aún no sabemos, no debes juzgarla. Primero, porque es tu abuela y, segundo, porque el amor no entiende de uniformes.

—Pero es que no tiene ningún sentido, no es posible —Erik continuaba muy confuso—. Estoy seguro de que era a esto a lo que se refería el profesor Einar cuando dijo lo que dijo. Él se imaginó esta posibilidad y por eso nos advirtió de que quizás nos encontraríamos con algo que podría no gustarnos.

—Bueno, ¿y si leemos los diarios y salimos de dudas? —sugerí.

—Sí, lo haremos mañana. Ahora vamos a la cama. No quiero continuar por hoy —dijo Erik.

—Demasiadas emociones juntas —comentó Karin—. Me voy a casa. Pero prometedme que no vais a hacer nada sin mí. Esperadme y los leemos juntos, ¿de acuerdo?

—De acuerdo —dije, Erik no tenía ganas de decir ni eso—. ¿Te parece bien a eso de las nueve, después de desayunar?

—Aquí estaré. Intenta dormir, Erik. Hasta mañana.

Acompañé a Karin hasta la puerta de la terraza, por donde salió. Cruzó el jardín. Se paró en medio, junto al cerezo japonés. Miró la tierra que había sido excavada y movió la cabeza a un lado y a otro. Quizás ella también pensaba que habría sido mejor que la caja hubiera permanecido enterrada y con ella su secreto.

Yo no pensaba lo mismo. Estaba absolutamente seguro de que Elsa quería saber la verdad.

Regresé junto a la mesa del comedor, donde seguía la caja abierta, con los diarios y las cartas extendidos sobre el mantel. Erik no estaba. Pensé que debía de estar en el cuarto de baño. Efectivamente, enseguida oí la ducha, que funcionaba con la mayor potencia. Lo imaginé bajo el agua muy caliente, rodeado de vapor, entre una nebulosa que lo protegía de los pensamientos negativos que le intentaban asaltar.

Miré la caja. El profesor Einar tenía razón: era el modelo inglés que él había adivinado. Me fui a la cama. Erik tardaba mucho, así que decidí que me ducharía al día siguiente. Cuando por fin entró, me hice el dormido. Era evidente que mi amigo no tenía ganas de hablar. Se metió en la cama sin hacer apenas ruido. Lo oí sollozar. Intentaba llorar en silencio, pero no lo consiguió.

25

Los diarios de Elsa

Karin llegó a las nueve en punto. Yo había desayunado ya, pero Erik no estaba en casa. Se había levantado muy temprano y se había puesto el chándal y las deportivas.

—Me voy a correr un poco antes de desayunar. Si quieres venir...

Esto último lo dijo con pocas ganas, así que le contesté:

—Hay momentos en la vida en que hay que hacer algunas cosas solo. Salir a correr esta mañana es una de ellas.

—Sí, tienes razón. Me voy a dar una vuelta por el fiordo. Estaré de vuelta hacia las nueve. Hasta luego.

Y se fue. Me levanté enseguida, me duché durante más de diez minutos y desayuné solo. Tenía delante la caja con los diarios y las cartas como la habíamos dejado la noche anterior. Recogí los restos del desayuno y esperé. No podía leer aquello solo, así que no podía seguir la investigación sin mis dos amigos.

—Hola, Arturo, ¿qué tal habéis dormido? —la voz de Karin sonaba dentro del salón; no me había dado cuenta de su llegada.

—¿Por dónde has entrado? —pregunté.

—Por la puerta de la terraza, os la habéis dejado abierta. Menos mal que era yo y no un ladrón de cajas misteriosas —sonrió con un toque de melancolía—. ¿Y Erik?

—Ha salido a correr por la orilla del fiordo. Creo que quería estar solo —contesté.

—Sí, tiene que ir haciéndose a la idea de que su abuela tiene un secreto que no le gusta. La vida no siempre nos da lo que queremos —y volvió a sonreír con ojos llenos de melancolía.

—Tú sabes mucho de eso, ¿verdad?

No sabía si había sido inoportuno con mi pregunta, pero no me importaba: a veces, las conversaciones tienen que ser inoportunas y duras y hasta crueles. A veces, las palabras tienen que doler.

—¿Sabes? Cuando el médico me dijo por primera vez que mi lesión era peligrosa y que quizás no volvería a andar, reaccioné muy mal: le tiré los papeles que tenía en la mesa, grité, di patadas, en fin, un desastre. Creí que no podía aceptar lo que me esperaba. Luego, poco a poco, me di cuenta de algo: yo no era tan diferente a los demás. Recordé cuando estuve en urgencias, en el hospital: había personas que habían estado sanas hasta hacía diez minutos y que estaban a punto de morir. Cerca de mí murió un hombre que había tenido un accidente de coche. ¿Sabes, Arturo? Todos tenemos una espada de Damocles encima de nuestra cabeza. En cualquier momento puede ocurrirnos algo terrible, estemos enfermos o no. Por eso, tengo muy claro que he de aprovechar lo que poseo en cada momento, agarrar con uñas y dientes lo que la vida me va regalando, porque todo es un regalo. A veces, despreciamos lo que tenemos y pensamos: «Si yo fuera de otra manera... o si tuviera esto o lo otro...». Y no es así. Tenemos lo que tenemos y eso es lo que hemos de vivir y disfrutar y sentir.

—Y Erik debe aprender a convivir con una verdad que no le gusta, ¿te refieres a eso? —le pregunté. Era la primera vez que Karin y yo teníamos una conversación de más de una frase.

—A eso y a todo en general. Erik debe aceptar que tal vez su abuela tuvo un novio..., digamos..., poco apropiado. ¿De qué le sirve rechazar algo que pasó hace más de sesenta años? Supongo que está pensando en todo esto mientras corre por el fiordo. La naturaleza, el mar, el horizonte, las montañas le ayudarán a ver que el mundo es mucho más que lo que él pueda creer u opinar. Ninguno somos el ombligo del universo. Es importante aprender eso, y vivir la naturaleza te ayuda a darte cuenta.

—Es curioso —dije—, pero Elsa escribió algo muy parecido a lo que estás diciendo en el libro de la cabaña después de subir a la cima de una montaña. Decía que aquello la había hecho sentirse grande y pequeña a la vez.

—Lo que refuerza tu teoría de que Elsa os ha dejado las pistas correctas no solo para encontrar la forma de abrir la caja, sino también para encajar la información de su contenido. Es muy lista. ¿Estáis seguros de que de verdad tiene problemas con su cabeza? A mí me parece que todas son jugadas muy programadas hacia unos objetivos muy claros —afirmó Karin.

No pudo continuar, se abrió la puerta y apareció Erik.

—Buenos días, chicos, ¡qué pronto has llegado, Karin! ¿Ya son las nueve? No me he llevado el reloj y no sé qué hora es. ¿Ya habéis desayunado?

Erik estaba más locuaz que ningún día. La sombra que había planeado por su cara había desaparecido, y su sonrisa parecía más luminosa que nunca. Karin tenía razón: seguramente, durante el paseo había meditado. Se había dado cuenta de que tenía que aceptar el secreto de Elsa.

26

Secretos

Por fin comenzamos la lectura de los diarios de Elsa. Estaban escritos en noruego, igual que las cartas que venían de Berlín. Erik los iba traduciendo al inglés para mí, y yo los vierto al castellano. Con tantas traducciones puede que alguna de las palabras y hechos que aparecerán a continuación no sean absolutamente exactos, pero no puede ser de otra manera.

Los diarios llevaban fecha y en algunos casos incluso hora. Elsa no escribía todos los días, ni siquiera todos los meses. Lo hacía solo cuando tenía algo que contarse a sí misma y a nadie más. La lectura empezó a ser más intensa cuando comenzó la ocupación alemana, y el país dejó de ser independiente: Noruega había entrado en una guerra sin haber llamado a su puerta.

Día 10 de abril de 1940

Hoy ha sido un día muy raro. Los periódicos dicen que los alemanes están aquí. No tenemos radio, así que no sabemos nada seguro. Ayer vinimos de la cabaña. Estuve con Rebeca, que se ha vuelto a caer esquiando. Siempre se cae. Tiene muchas cualidades, pero con los esquís es muy torpe. Se ha lastimado una pierna. De vuelta en su casa hemos bromeado sobre lo que algunos llaman la ocupación. No hemos visto a ningún soldado.

Día 14 de julio de 1940

Hoy es sábado. Rebeca ha venido a mi casa directamente desde la sinagoga. Parecía preocupada. Se cuentan cosas terribles que los nazis hacen con los judíos en Alemania. Le he dicho que esté tranquila, aquí no puede pasarle nada. Mi madre está peor cada día, hoy no recordaba que ayer estuvimos en el mercado comprando fresas. Me ha dicho: «Elsa, coge la bicicleta y ve al mercado a por fresas». Le he contestado: «Mamá, ayer compramos tres kilos y todavía quedan». «¿De verdad?», me ha preguntado. No sé qué pensar.

Día 2 de agosto de 1940

Papá ha venido del trabajo más tarde de lo normal. Dice que hay patrullas de alemanes en todas las entradas a la ciudad. Está malhumorado. «¿Qué más da que estén los alemanes aquí, papá?», le he preguntado. Me ha mirado con una cara que nunca antes le había visto. Mamá le ha dicho: «Todavía es una niña, no entiende lo que ocurre». Me ha ofendido este comentario de mi madre, no soy ninguna niña, tengo catorce años. Hace tiempo que dejé la escuela del barrio. Mi padre siempre está diciendo que soy mayor para esto y para aquello; en cambio, me tratan como a una niña pequeña. Si soy mayor para unas cosas, pues para otras también, ¿o no?

Día 5 de agosto de 1940

Es domingo y mi padre ha estado todo el día en casa. Es el primer domingo de verano en que mi padre no nos lleva a pasear con las bicicletas o a hacer algo especial. Ni *siquiera mamá ha ido a la iglesia. No sé qué pasa, pero debe tener algo que ver con los alemanes.*

Día 20 de septiembre de 1940

Hoy he visto soldados nazis. Llevan unos uniformes grises muy bien hechos. Van armados, eso no me gusta, pero los uniformes, sí. Rebeca, como es modista, dice que están muy bien, parece que los llevan hechos a medida.

Día 21 de septiembre de 1940

Le he contado a mamá lo de los uniformes y me ha mirado como diciendo: «¿Pero qué dice esta hija mía?».

Día 2 de octubre de 1940

He vuelto a preguntarle a mi padre por qué es tan malo que estén los alemanes aquí. Esta vez me ha contestado: «Son nuestros enemigos. Están destruyendo Europa. Están matando judíos, están invadiendo países. La gente muere en los campos de exterminio que están creando por casi todo el continente». Yo le he dicho que los soldados me parecen simpáticos y me ha pegado una bofetada. Me he ido a la cama sin cenar.

Día 3 de enero de 1941

Ayer fue mi cumpleaños: ya tengo quince años. He encontrado trabajo en una fábrica de telas. Dicen que hacen mantas para los alemanes. Mi madre me ha dicho que ni se lo mencione a mi padre. Necesitamos el dinero. La comida ha empezado a escasear, y la carne y el pescado están muy caros. Me voy después que mi padre y llego antes que él. No se enterará.

Día 15 de abril de 1941

Rebeca y yo vamos a ir a la cabaña. Cogeremos el tren. Supongo que todavía habrá mucha nieve. Quiero subir la montaña. Necesito respirar. Aquí me siento muy encerrada. Casi no hablo con mi padre, y mi madre entra y sale de casa con miedo. Me encuentro con unos soldados cuando voy y vengo de trabajar. Están de patrulla en la plaza de entrada al barrio. Me dicen cosas en alemán que no entiendo. Les sonrío y paso de largo. Quizás un día me pare y hable con ellos. ¿Y si me ve mi padre? Mejor será no hacer nada.

Día 20 de junio de 1941

Acabo de llegar de las montañas. Rebeca no quiso subir a la cima, no se atrevió. Tiene un catarro desde hace semanas que no la deja respirar bien y la hace toser demasiado. Fue maravilloso llegar hasta arriba. Me sentí bien, libre, grande y pequeña al mismo tiempo. Es curioso cómo una se puede sentir las dos cosas a la vez: grande por haber conseguido llegar hasta allí, pequeña ante la inmensidad que me rodeaba. Volver aquí es como regresar a una cama estrecha. Empiezo a ahogarme en esta ciudad.

—Esto que acabamos de leer corresponde a lo que escribió tu abuela en el libro de la cabaña cuando subió la montaña —comenté.

—Sí, pero fíjate en una cosa: el tono es muy diferente —señaló Erik—. Cuando escribe en la cabaña, todo es mucho más relajado, más poético. Se ve que allí disfrutaba y eso lo transmite en sus escritos. En cambio, lo que hemos leído hasta ahora de sus diarios es como una crónica, cuenta lo que le pasa, pero siempre con prisa. En la cabaña, la vida pasaba más despacio, y eso marcaba el ritmo de la escritura, con frases más largas que aquí.

—Te pareces a la profesora de Lengua, Erik —le dijo Karin—. Que si el ritmo de la escritura, que si las frases cortas o largas. Aprendiste bien la lección el curso pasado, ¿eh?

—Es la verdad. Hasta ahora hay diferencia entre lo escrito en las montañas y lo escrito aquí —repuso mi amigo.

—Hay que tener en cuenta que aquí estaba viviendo la tensión de un estado de guerra, que ella no llega a entender, pero que siente —expliqué.

Una llamada telefónica nos hizo salir de nuestras reflexiones acerca del estilo de la escritura de Elsa. Erik contestó.

—¿Sí? ¡Ah, abuela, eres tú!... Sí, la hemos encontrado... No, allí no, en el Museo del Mar... Eso va a ser una sorpresa, abuela. No te puedo decir nada todavía... No, no insistas. Lo sabrás a su debido tiempo... ¿Y cuándo se va?... Iremos a verte mañana por la mañana y nos despediremos de ella... Sí, abuela, todo está bien... Sí, lo hemos pasado muy bien. Karin ha disfrutado mucho, y Arturo también... Arturo, mi amigo español... Arturo, el que conociste el día del cumpleaños de mamá y luego fue a tu casa conmigo... Sí, ese Arturo. Estamos aquí los tres. Y mañana te veremos... Hasta mañana, abuela. Dale un beso a Ángela de mi parte.

Erik colgó el teléfono y volvió con nosotros. Habíamos escuchado su parte de la conversación. Era obvio que Elsa volvía a no acordarse de mi persona.

—Era la abuela. Pregunta si hemos encontrado la llave y si abre la caja. Le he dicho que era una sorpresa y que mañana iríamos a visitarla. Además, me ha dicho que Ángela se va mañana, así que nos despediremos de ella.

—Debe estar muy excitada —dijo Karin— si va a recuperar una parte de su vida con estos diarios. Si me pasara esto a mí, no sé qué haría.

—Me pregunto si no deberíamos dárselos a tu abuela antes de leerlos nosotros —sugerí—. Por una parte, me parece que estamos violando su intimidad. Al fin y al cabo, esto lo escribió para ella.

—Si lo escribió fue porque quería dejarlos para el futuro, o sea, para ahora mismo —objetó Karin, a la que ya le había picado el gusanillo del pasado de Elsa.

—Sí —continué—, pero tal vez para sí misma, no para tres curiosos investigadores.

—No olvidéis que uno de esos curiosos investigadores soy yo, que soy su nieto. Continuemos.

Y Erik volvió a leer y a traducir aquellas palabras que Elsa había escrito hacía más de sesenta años.

Día 3 de septiembre de 1941

Cuando venía del trabajo, me he parado a hablar con los soldados. Son los mismos desde hace meses, y todos los días me dicen algo. Hoy los he saludado y les he preguntado qué hacen aquí con la mejor de mis sonrisas. No me han entendido. Solo hablan alemán. Me han ofrecido un cigarrillo, pero no lo he aceptado. ¿Por quién me habrán tomado? Mañana no me pararé. Pasaré por otro lado para ir a la fábrica.

Día 4 de octubre de 1941

Rebeca ha perdido varios pedidos. Algunas mujeres que le habían dejado sus telas para que les hiciera vestidos han ido a llevárselas. No quieren que sea su modista. Cuando les ha preguntado por qué, la han mirado en silencio y se han ido. Rebeca no entiende nada, yo tampoco, pero veo que hay cosas que están cambiando.

Día 12 de noviembre de 1941

Después de varios días, he vuelto a pasar por delante de los soldados alemanes. Hoy no estaban de broma. No llevaban los fusiles al hombro como antes, sino en la mano, y tenían una cara muy seria. Miraban a un lado y a otro con cara de pocos amigos. Me han visto, pero no me han dicho nada. Uno de ellos no estaba antes, debe ser nuevo. Es guapo.

Día 23 de diciembre de 1941

Mañana es Nochebuena. Mi hermano y yo hemos ido a la plaza a comprar el árbol de Navidad. Desde que empezó la guerra, las Navidades ya no son como antes. Ahora todo el mundo está muy triste. Cuando he llegado a casa, mamá estaba llorando. Le he preguntado por qué lloraba y me ha dicho que ha oído en la radio de la señora Zimmerman que los nazis estaban deportando a judíos a Alemania. Le he dicho: «Mamá, no te preocupes. Nadie va a llevarse a los judíos de aquí. No han hecho nada». Se ha enjugado las lágrimas y me ha dicho: «No se trata de que hayan hecho algo o no, se trata de que son judíos y de que quieren acabar con ellos; dicen que los llevan a campos de concentración, que los meten en grandes salas, que les dicen que los van a duchar y que lo que sale es gas en vez de agua, y los matan a todos, a los niños pequeños también». Yo no me lo creo. Nadie puede hacer algo tan horrible. Seguro que son fantasías que alguien se ha inventado.

Día 5 de enero de 1942

Ya tengo dieciséis años. Mi madre me ha hecho un vestido nuevo con una tela que consiguió en una tienda secreta que hay en una calle muy escondida del centro. Me sienta muy bien. Tiene dos lazos en los hombros. Para Año Nuevo no nos permitieron lanzar fuegos artificiales. Los alemanes lo han prohibido. ¿Qué más les dará? Cuando venía de trabajar, el soldado guapo se me ha acercado y me ha pedido la documentación. Me he bajado de la bici y se la he enseñado. Cuando ha visto mi apellido, me ha sonreído. Me ha preguntado si era judía y le he dicho que no. Me ha dicho que se alegraba de que no lo fuera. Me ha preguntado si tenía amigos judíos. Le he contestado que no. No le he contado que mi mejor amiga, Rebeca, es judía. Cuando he vuelto a casa, me he metido en la cama y me he echado a llorar.

Día 3 de marzo de 1942

Me encuentro a mamá llorando cada vez que vuelvo a casa. Papá llega muy tarde cada día. Noto que mi madre está preocupada. Los oigo hablar, dicen no sé qué de la resistencia. Les pregunto qué es eso. Papá me dice: «Estamos organizando grupos armados contra los nazis. Están matando a nuestra gente, personas inocentes. Se rumorea que van a deportar a los judíos a campos de Alemania y de Polonia. Hay que evitarlo a toda costa». No puedo imaginarme a mi padre con un fusil, pero sé que tiene uno debajo del colchón, lo vi un día cuando ayudé a mi madre a hacer la cama. Si la guerra hace que mi padre, que es el hombre más pacífico que conozco, empuñe un arma, es que la guerra es algo aún más terrible de lo que me podía imaginar.

Día 6 de marzo de 1942

Hoy me ha vuelto a parar el mismo soldado del otro día. Realmente es muy guapo. Tiene los ojos grises y la mirada triste. Habla un poco de noruego, se esfuerza en hablar. Pobre, me gustaría preguntarle por qué ha venido, cómo es su familia, qué cosas le gusta hacer. Pero no puedo: no debo hacerlo. Si mi padre se entera de que hablo con un soldado alemán..., no quiero ni pensarlo.

Día 8 de abril de 1942

Hoy es domingo. He ido con Rebeca al fiordo. Hemos dejado las bicicletas y hemos ido caminando. Hacía frío, pero era agradable sentir el aire cortante en la piel. En casa, el ambiente es cada vez más tenso. Papá no está casi nunca y mamá va a oír la radio a casa de la señora Zimmerman, que es judía. Mamá tiene miedo. Lo noto. Debe ser el miedo el que hace que se le vayan olvidando cada vez más cosas. Me está llamando. Luego seguiré.

El mismo día, más tarde:

Rebeca me ha confesado que ella también tiene miedo, pero que en casa no lo aparenta. Su madre se pasa el día rezando sus oraciones, y el padre trabajando. El padre está convencido de que no va a pasar nada, recibe noticias de sus amigos y parientes que están en Polonia, están bien y dicen que lo que se rumorea de los campos es todo mentira. Rebeca opina que esto se lo inventa su padre para tranquilizar a su mujer, pero que ni él mismo se lo cree. Dice que lo ha oído llorar más de una vez, pero que cuando las oye llegar a ella o a su madre, deja de llorar, disimula y sonríe. Rebeca asegura que los ojos de su padre están siempre rojos desde que vinieron los alemanes.

Día 8 de mayo de 1942

Todo el mundo está muy alterado. La resistencia ha volado un puente cuando pasaba un camión alemán. Han muerto ocho soldados. Los alemanes han hecho prisioneros a ochenta hombres de la ciudad: diez por cada uno de sus muertos. Dicen que si no se entregan los culpables, los matarán a todos. Yo no me lo creo. Son personas inocentes. Nadie los va a matar. ¿Quién podría hacer una cosa así?

—Tu abuela era muy ingenua, Erik —se atrevió a interrumpirle Karin—. Creía en la bondad natural de los seres humanos. No se le pasaba por la imaginación que la gente pudiera llegar a ser tan cruel.

—No fue la única, Karin —repuse—. Hubo muchas personas, incluso gobiernos enteros, que no se creyeron lo que estaba pasando hasta que fue demasiado tarde.

—No había televisión —continuó Erik—. No pasaba como ahora, que vemos en directo hasta el comienzo de una guerra, los bombardeos, las ejecuciones. Ahora somos testigos de que existen muchas verdades terribles que no nos permiten ni siquiera soñar con que el mundo es justo. Entonces, mi abuela todavía pensaba que los seres humanos no eran capaces de ser dominados por la sinrazón. Parece que no se había dado cuenta de que estaba dentro de una guerra. Sigamos leyendo.

Día 20 de junio de 1942

Papá no ha venido esta noche a dormir. Mamá no hace más que llorar. Le he preguntado si sabe dónde está y me ha dicho que no. He pensado en hablar con el soldado alemán que me paró el otro día y me pidió la documentación. Parece simpático.

Día 30 de junio de 1942

Me he armado de valor y he vuelto a pasar por la plaza. Estaban los mismos hombres, incluido el que me pidió la documentación. Cuando me ha visto, se ha acercado y me ha sonreído. Luego, parece que se ha arrepentido y me ha vuelto a pedir los documentos con muy malos modos. Me ha dicho que era para disimular ante sus compañeros. Le he preguntado por mi padre. Le he contado que estábamos muy preocupadas, que llevamos dos días sin saber nada de él. Ha dicho que intentará averiguar algo. Si está detenido, me lo dirá mañana. Me ha vuelto a preguntar si somos judíos. Le he contestado de nuevo la verdad, que no lo somos. «Entonces —ha dicho—, no tenéis de qué preocuparos. A menos que pertenezca a la resistencia». Le he dicho que no, que si la resistencia son esos que vuelan puen-

tes con gente encima, mi padre no forma parte de ellos, que él no mataría nunca a nadie. «Estamos en guerra —me ha contestado— y en la guerra la gente es capaz de hacer cosas terribles que nunca antes habría podido imaginar». Estoy segura de que mi padre nunca haría algo así, él no, por muchas guerras que hubiera.

Día 2 de julio de 1942

Papá no está detenido. Me lo ha dicho Henrik Arturo, que es como se llama el alemán...

—¡Ahí está! —exclamé de pronto.

—¿Quién está ahí? —preguntó Karin a la vez que daba un salto en su silla. Pensó que venía alguien. Estaba completamente metida en el mundo de Elsa.

—Es Henrik Arturo, el de las cartas —y las cogí en mis manos y se las mostré—. Estas cartas fueron escritas por el mismo hombre con el que hablaba Elsa en esos momentos. El mismo que subió con ella a la cabaña.

—Solo que las cartas están fechadas en 1950 y 1951, y todo esto ocurrió en 1942 —comentó Erik—. Prosigamos, esto se pone interesante.

...que es como se llama el alemán. Es muy amable conmigo, hasta me ha dado chocolate. Cuando he llegado a casa, mamá me ha preguntado de dónde lo había sacado. No le he dicho la verdad. Creo que no le gustaría. Le he dicho que papá no estaba detenido. Me ha mirado como si ya lo supiera. «¿Quién te lo ha dicho?», me ha preguntado. Le he contado otra mentira. No sé si se la ha creído.

Día 7 de julio de 1942

Papá ha vuelto. Está magullado, como si se hubiera caído por un terraplén. No ha querido decir delante de mí lo que le ha pasado. Empiezo a creer que forma parte de la resistencia, que Henrik tenía razón. ¿Deberé empezar a tener miedo?

Día 20 de julio de 1942

Hoy es domingo, mi padre me ha llamado a su despacho después de ir a la iglesia y me lo ha contado todo. Me ha dicho que los nazis están planeando acabar con la libertad de toda Europa y con todos los judíos. Ha afirmado que es verdad todo eso que cuentan por ahí de lo que les hacen a los judíos, y a los que no son judíos, en los campos de trabajo y de exterminio. Dice que incluso hacen terribles experimentos médicos con niños y mujeres embarazadas. Sigo sin podérmelo creer. Nadie puede hacer cosas así por muy en guerra que estemos. Nadie que tenga un alma dentro puede hacer de esa manera el mal, aunque la guerra saque lo peor de cada uno. Yo no sería capaz de hacer algo tan horrible. ¿Por qué los demás sí?

Más tarde el mismo día:

Papá pertenece a un club de amigos que se llama la R. Me lo ha contado él. Se reúne con sus compañeros en un bosque cuando baja el sol y desde allí organizan la fiesta de cada tarde. Dice que nunca ha pintado de rojo a nadie, que no le gusta pintar y que solo organiza los fuegos artificiales.

—¿Qué demonios es todo esto? —preguntó Karin—. ¿Por qué habla de fiestas, fuegos artificiales y de pintar a la gente de rojo?

—Pues está bien claro, Karin —explicó Erik. Se lo agradecí porque yo tampoco entendía nada. Creí que era culpa de mi falta de comprensión lingüística, pero no—. Está escrito en clave.

—¿En clave? —pregunté yo.

—Sí, dice cosas comprometidas. Elsa temía que alguien pudiera leer sus diarios y que estos pudieran ser comprometedores para ella y su familia.

Erik estaba inspirado después de su paseo matutino por el fiordo.

—¿Qué crees que está diciendo? —inquirí.

—Cuando dice que su padre pertenece a la R se refiere a que pertenece a la resistencia. Escribir esto podría ser mortal para toda la familia. La fiesta de cada noche debe ser la organización de los planes de sabotaje, que solían hacerse por la noche. La oscuridad los protegía.

—¿En julio? Lo tenían difícil si pretendían que la noche los protegiera en verano —comenté.

—¿Y a qué se refiere cuando dice que su padre nunca ha pintado a nadie de rojo? No estaban en carnaval —intervino Karin.

—Creo que está diciendo que su padre no ha matado a nadie directamente. Pintarlo de rojo sería pegarle un tiro, la sangre sería la pintura. Y a él no le gustaba ametrallar a nadie, pintar a nadie —siguió explicando Erik.

Me acordé de mis clases de literatura en el instituto y de los comentarios de texto que hacía nuestra profesora, que era capaz de sacar pelos de una calavera con eso de encontrar metáforas, símiles y cosas por el estilo.

—Pero ¿y los fuegos artificiales? —volvió a intervenir Karin.

—Bombas, explosiones, pólvora. Parece que mi bisabuelo se dedicaba a eso en la resistencia —concluyó Erik, que estaba descubriendo muchas cosas de su familia.

—Vaya con tu abuelo —se me ocurrió decir en mal momento—. No le gustaba pegar tiros al enemigo, pero los freía a bombazos.

—Deja las bromitas para otro momento, imbécil —me contestó Erik, levantándose de su silla con aire amenazador. Karin le sujetó un brazo que iba directamente dirigido a mi cara.

—Perdona —me disculpé—. Solo quería decir que parecía que era muy pacífico y en cambio...

Aún lo fastidié más.

—Y en cambio, ¿qué?, ¿que era tan asesino como los demás? —Erik estaba muy enfadado. Descubrir todo aquello era demasiado fuerte para él y se defendía de sí mismo mediante un ataque a mi persona—. Estaban en guerra. Defendían a su país, a sus familias, a sus amigos. ¿Qué habrías hecho tú?, ¿eh?, ¿qué habrías hecho tú? ¿Y tus abuelos o tus bisabuelos, qué hicieron durante vuestra guerra civil?

Erik estaba muy alterado. Se fue a su habitación y lo oímos llorar. Aquello había comenzado como un juego de investigación y había terminado con el descubrimiento de las partes más dolorosas de su historia familiar.

—Debes disculparlo —dijo Karin—. No tiene muy claro si ha sido o no buena idea averiguar todo esto. Se le están removiendo cosas ahí dentro —y señaló su cabeza.

—Era un riesgo que conocíamos, como dijo el profesor Einar —le susurré muy bajito, para que no me oyera Erik.

—En cualquier caso, no estamos aquí para juzgar a nadie —comentó Karin—. Si hubiéramos estado en la situación del padre de Elsa, no sabemos qué habríamos hecho, ¿no te parece?

—No puedo pensar que todos los soldados que aprietan un gatillo o una ametralladora sean malvados por naturaleza. No puedo pensar eso —continué—. Deben ser las guerras, que son capaces de sacar lo malo que, seguramente, todos tenemos dentro. Si todo va bien, esa brutalidad, ese salvajismo no sale, se queda dentro de nosotros y morimos con él. Pero si nos tocan las narices o creemos que nos las tocan, tal vez sea verdad que todos, incluso tú y yo, seamos capaces de lo peor, de hacer fuegos artificiales con el enemigo y de tantas cosas más.

Me dio un escalofrío de horror ante mis pensamientos y ante mí mismo.

—Creo que tienes razón, Karin —seguí—. Las cosas no son tan fáciles como nos gustaría que fuesen. Me disculparé con Erik.

En aquel momento regresaba mi amigo al cuarto de estar.

—No hace falta, Arturo. Soy yo quien debe pedirte perdón. Me he comportado como una bestia. Me ha salido esa parte de mí mismo que no debería salir nunca —y me dio un abrazo muy apretado, tanto que luego me dolió el cuello.

Erik y yo habíamos tenido una reflexión similar, como nos había pasado ya en otros momentos.

—Sigamos leyendo —sugirió.

Y así lo hicimos.

Día 25 de julio de 1942

Hoy ha sido un día horrible. Han empezado a deportar a los judíos. Se han llevado a más de cincuenta en un tren que venía con más judíos desde el norte del país. Rebeca está muy asustada. Se han llevado a sus tíos y a sus primas. Su familia se ha librado porque su padre ayuda a los alemanes, trabaja para ellos, les hace no sé qué máquinas en su fábrica. A Rebeca no le gusta vivir del dinero que les dan los nazis por el trabajo del padre. Dice que son los mismos que se han llevado a su familia a Alemania. Yo le digo que esté tranquila, que no les va a pasar nada, que lo que cuentan son historias para desprestigiarlos, pero que no puede pasar nada de eso. Lo malo es que no me creo lo que le digo. Ahora ya empiezo a pensar que es verdad lo que dicen por ahí. Ya me creo que hay gente capaz de hacer cosas tan brutales como cuentan. Si la gente buena hace cosas muy feas, ¿cómo no van a hacerlas los que no son tan buenos?

Día 27 de julio de 1942

Papá casi no viene a casa. Han cerrado la fábrica donde trabaja, así que nadie lo echa de menos, solo nosotras. Rebeca está cada día más preocupada y más sola. Nuestras otras amigas no quieren salir con ella. Tienen miedo.

Día 30 de julio de 1942

He vuelto a ver a Henrik Arturo. No lo había visto desde que me dijo que papá no estaba detenido. Me ha dicho que estaba muy guapa con mi vestido rojo. Llevaba el que me hizo Rebeca, el rojo con las florecillas blancas. Es mi favorito. Me gusta más que el que me regaló mamá el día de mi cumpleaños. Le he dicho que él también estaba guapo. No lo he podido evitar. Es que es muy guapo, y tan amable... Estoy segura de que él no dejaría que nos pasara nada. Le he contado a Rebeca que me gusta Henrik. No ha dicho nada. Se ha limitado a mirarme desde lo más profundo de sus ojos. En su mirada me ha parecido ver todo el dolor de su alma.

Día 1 de agosto de 1942

Henrik me ha invitado a dar un paseo el domingo, tiene el día libre. Me ha pedido que le enseñe algún sitio de los alrededores, no conoce nada más que la plaza donde hace el servicio de vigilancia y el cuartel. Quizás lo lleve a pasear por el fiordo.

Día 3 de agosto de 1942

Mi madre me ha fastidiado el plan. Dice que mi hermano y yo tenemos que ir a la cabaña a recoger frutas del bosque. Parece que hay muchas este año. Siempre me ha gustado mucho hacer la recolección, pero precisamente ahora no es lo que más deseo en este mundo. Pero no protestaré. No quiero que sospechen que tenía otra idea para el fin de semana. Me gusta Henrik. Le diré a Rebeca si quiere venir con nosotros.

Día 4 de agosto de 1942

Cuando he ido a buscar a Rebeca, me he encontrado con la puerta de su casa abierta. No había nadie. He entrado. Estaba todo revuelto, pero ni rastro de la familia. Una vecina me ha oído y ha entrado. «Se los han llevado», me ha dicho. «¿Cómo que se los han llevado?, ¿quiénes?», le he preguntado. No podía creer lo que me estaba cruzando por la imaginación. «Ellos. Los alemanes —me ha dado un escalofrío—. Se los han llevado a Alemania. El tren salió muy temprano, a las siete de la mañana. No les han dejado coger casi nada. No les han dado tiempo. Han venido y les han obligado a acompañarlos. Rebeca lloraba y su madre también. Su padre...». No he querido oír más. He salido corriendo. Cuando he llegado a la esquina de la calle, me he parado y me he puesto a llorar. No puede ser verdad. Imagino a Rebeca de viaje, con sus padres, pero no en un horrible tren, hacinada con decenas de personas hacia un destino que si es verdad lo que dicen... No puedo creer que quizás no la vuelva a ver más. Mañana hablaré con Henrik. Sí, seguro que él puede hacer algo.

Día 7 de agosto de 1942

Ayer mi hermano y yo regresamos de la cabaña. Hace frío, más que nunca en un mes de agosto. Ha llovido muchísimo y está todo mojado y oscuro. La oscuridad del cielo esconde toda la ciudad. He hablado con Henrik. Intentará cambiar su día de permiso para el fin de semana siguiente. Le he hablado de Rebeca. Ha movido la cabeza de un lado a otro. Me ha dicho que si Rebeca es judía, no hay nada que hacer. Tienen órdenes respecto a todos los judíos sin excepción. Dice que se alegra de estar en un puesto de vigilancia tranquilo. Así no tiene que detener a nadie. Le he preguntado qué haría si yo fuera judía. No me ha contestado. Me ha mirado con la sonrisa más triste que podía imaginar en un hombre de su edad y ha entrado en el puesto de guardia. Me he quedado con mi bicicleta allí, quieta, sin saber qué hacer. Ha empezado a llover copiosamente. Mi chaquetón se ha quedado tan mojado como mi cara.

Día 15 de noviembre de 1942

Hemos vuelto de la cabaña. Hemos esquiado mucho mi hermano y yo. Nunca había nevado tan pronto. No le he mencionado nada de Henrik. Me pregunto cómo se lo tomaría si le dijera que me gusta un soldado alemán. Me acabo de dar cuenta de que esta vez no he escrito nada en los diarios de la cabaña. Nunca se me había olvidado algo así; debe ser que mi cabeza está demasiado llena de otras cosas.

Día 16 de noviembre de 1942

He vuelto a pasar por la plaza donde está Henrik. Estaba dentro de la garita de vigilancia y en cuanto me ha visto, ha salido corriendo. Iba en la bici y no sabía si parar o no. Lo he hecho. «Quería verte, tengo noticias de tu amiga», me lo ha dicho con una media sonrisa, así que he supuesto que me iba a dar buenas noticias. «El tren ha llegado a su destino. Es un campo de trabajo —me ha dicho su nombre, pero es una palabra muy rara que no puedo recordar—. Allí van las personas sanas que pueden trabajar». He empezado a esbozar una sonrisa. De pronto, me he acordado de que Rebeca no paraba de toser en los últimos tiempos y de que había ido adelgazando mucho. No podía considerarse una persona absolutamente sana.

«Rebeca está enferma —le he dicho—. La tendrán que mandar a un hospital, ¿no?». Henrik me ha mirado de nuevo con aquella cara tan triste que solo él puede tener. «No mandan a ningún deportado al hospital, Elsa». Me ha cogido la mano mientras me decía aquello y me miraba desde muy adentro. «¿Qué le va a pasar a Rebeca? —le he gritado, desasiendo mi mano de la suya—, ¿qué le va a pasar a mi amiga?». Henrik ha movido la cabeza de un lado a otro. Temía hablar. Por fin, lo ha hecho y estas han sido sus palabras: «No quieras saberlo, Elsa, hay cosas que es mejor que no sepas». Luego todo es verdad. Todo aquello que me había resistido a creer es cierto. Y Rebeca va a morir en Alemania, en un campo de concentración, porque alguien ha decidido que los judíos deben morir. Es demasiado terrible para poderlo entender. Me he echado a llorar. Henrik me ha abrazado. Estábamos en la calle. Le he golpeado con las manos en el pecho. Él trataba de tranquilizarme. Ha salido otro soldado que le ha preguntado algo en alemán, mientras me apuntaba con su fusil. Henrik le ha contestado y la respuesta del otro ha sido una estridente carcajada. «¿Qué le has dicho, maldita sea? ¿Qué le has dicho para que se ría?». «Le he dicho que hemos tenido una pelea de enamorados —me ha contestado—, ¿qué podía decirle?, ¿que me estabas pegando porque tu amiga judía ha sido deportada? Te habría detenido inmediatamente. Y no quiero que eso ocurra». Lo he mirado y le he preguntado por qué lo había hecho. Me ha contestado que le gustaba y que no quería que me pasara nada. He dejado de llorar. Por un momento, me he olvidado de Rebeca y me he concentrado en aquellas palabras. ¡Me había dicho que le gustaba! Era la primera vez que un chico se me declaraba. He respirado muy hondo, me he dado media vuelta y me he marchado. Me ha llamado, pero no me he vuelto. No era el momento de continuar la escena.

—¡Vaya con la abuela! Tenía la cabeza muy bien amueblada, ¿eh? No es el momento y se va. Esperará a que la situación mejore, aunque la historia nos dice que no fue así —comentó Erik.

—¡Qué faena! —exclamó Karin, que se había estado mordiendo las uñas mientras su amigo leía todo lo anterior—. ¿A quién se le ocurre enamorarse de un soldado enemigo? Y encima se llevaron a su mejor amiga, que seguro que murió en el campo. ¡Qué tormento! ¡Lo debió pasar fatal! Su padre y su hermano en la resistencia. Su mejor amiga, judía y deportada en un campo de exterminio, porque si estaba enferma, seguro que se la llevaron directamente a la cámara de gas. Y a ella se le declara el soldado alemán. ¡Pobre, pobre, pobre...!

—Y seguro que Henrik era un buen chico —dije.

—Pues seguramente no todos los soldados estaban de acuerdo con lo que decían y hacían sus dirigentes. Eso pasa en todas las guerras y en aquella..., supongo que muy especialmente. No puedo creerme que todos los soldados pensaran lo mismo que sus gobernantes —comentó Erik, a quien ya se le había pasado el enfado—. Además, seguro que era un crío.

—No lo ha dicho hasta ahora, pero no sería muy mayor. Mira, ahí lo dice —Karin había curioseado en el texto siguiente—. ¡Diecisiete años! ¡Qué barbaridad! ¿Cómo se puede enviar a una guerra a críos de esa edad?

—Era mayor que nosotros —dije yo. No me gustaba que nadie me considerara un niño.

—¡Un crío, Arturo! ¿Te imaginas a ti mismo cogiendo una ametralladora para defender un puesto de guardia con la resistencia rondando por allí y tener a lo peor que disparar y matar a alguien o detener a una inocente familia para llevarla a una muerte segura? —reflexionó Karin en voz alta con toda la razón del mundo—. Una barbaridad, una brutalidad, una... No encuentro la palabra adecuada. Quizás ni siquiera hay una palabra para semejante atrocidad. Sigue, Erik, por favor.

Día 23 de noviembre de 1942

Tampoco voy a poder ir con Henrik hoy al fiordo. A mi hermano y a mí se nos olvidó coger una cosa de la cabaña y tenemos que volver. Se lo he dicho a Henrik y se ha quedado triste. Dice que no quiero ir con él por lo que me contó de Rebeca. Y no es por eso. A pesar de todo, me gusta mucho, no lo puedo evitar. ¿En qué quedará todo esto? No quiero ni pensar que se puedan enterar.

Día 25 de noviembre de 1942

Mi hermano no puede subir. Tiene una misión con su grupo de amigos. Tengo que ir sola. No me hace ninguna gracia, hay controles por todos los lados y acciones de la resistencia. Pero tengo que ir.

Más tarde, el mismo día:

Se lo he dicho a Henrik y me ha dicho que puede acompañarme, que tiene libre todo el fin de semana y que le encantaría venir conmigo. Me encanta la idea, pero si se entera mi familia, me mata. Tengo que arriesgarme. Iré con Henrik a la cabaña.

Día 29 de noviembre de 1942

La entrada de la cabaña estaba llena de nieve. Menos mal que no he ido sola; si no, no sé qué hubiera hecho. Hemos tenido que coger la pala y sacar un montón de nieve para poder entrar. Dentro hacía mucho frío, menos de veinte grados bajo cero. Nunca había experimentado tanto frío allí dentro. Hemos encendido la chimenea y hasta que se ha calentado el interior hemos salido a esquiar. Era la primera vez que Henrik esquiaba, dice que en la zona de Alemania donde vive no nieva casi nunca...

—¿No os lo dije? —exclamé—. Era él.

—No interrumpas —dijo Karin, a la vez que me metía un codazo en el antebrazo que me dejó una moradura—. Esto se pone muy dramático —y continuó siguiendo aquellas líneas con la única uña que le debía quedar.

...casi nunca. Hasta el pueblo hemos ido en un camión lleno de soldados que bromeaban en alemán sobre mi presencia. Henrik se ha tenido que poner serio y se han callado, pero he pasado vergüenza, era la única chica entre más de veinte hombres. Sin embargo, me sentía segura con Henrik a mi lado. Luego, hemos subido esquiando hasta la cabaña y ha sido muy divertido. Él se resbalaba hacia abajo todo el tiempo, no sabía poner los esquís un poco abiertos en cuña para subir y hemos tardado más de una hora en llegar. Hacía mucho frío durante todo el camino. Era divertido ver la bufanda de Henrik toda blanca, y también la mía: el vaho se congelaba al salir desde el cuerpo al aire exterior. Henrik me decía que tanto él como su familia estaban muy contentos porque no le había correspondido ir al frente ruso, que, además de peligroso, era muy frío. Pero que la subida a la cabaña había sido casi peor. Lo decía bromeando, claro. Nada puede ser peor que estar en el frente.

Después, cuando hemos salido mientras se calentaba la cabaña, se ha caído varias veces. No le he ayudado. Una persona que sube en invierno a las montañas tiene que aprender a arreglárselas sola, de lo contrario, en un caso extremo, un accidente o una tormenta o algo así, podría morir.

Cuando hemos entrado de nuevo, la cabaña estaba muy caliente. Hemos empezado a quitarnos ropa hasta que nos hemos quedado con las camisas y los pantalones. Henrik se ha acercado a mí y me ha besado. Es la primera vez que me besa un chico. Muchas veces me había imaginado el momento y nunca había pensado que iba a ser así, con un soldado enemigo, en nuestra cabaña, donde tantas veces había estado con mi familia, con Rebeca... Casi me he olvidado de ella mientras estaba con Henrik. Me siento mal por no haberme acordado más de ella. Pero es que una vez que hemos estado solos, Henrik me ha besado muchas veces, muy despacio y muchas veces. Le he preguntado si tiene alguna novia en Alemania. Me ha dicho que sí. Me he echado a llorar. Me ha pedido que no llorara, que me quería mucho y que estaba hecho un lío. Al menos, ha sido sincero, aunque tal vez hubiera preferido que me hubiera engañado, no lo sé. Ha dicho que ahora yo soy su amor, que hace semanas que no sabe nada de su novia, que se llama Inger...

—¿Se llama igual que mi madre? ¿Mi abuela le puso a su hija el mismo nombre que tenía la novia de su soldado? No me lo puedo creer —exclamó Erik, que iba de un asombro a otro. Cuando asimilaba una novedad, venía otra y otra y otra...

—¿Quién sabe? A lo mejor se murió la pobre novia en la guerra, y por eso tu abuela... —dijo Karin, intentando dar una explicación a aquel hecho.

Erik siguió leyendo.

...que se llama Inger. Me ha abrazado muy fuerte y he notado la humedad de sus lágrimas a través de la tela de mi camisa, pero no me ha dejado que las viera. Le he preguntado qué iba a ser de nosotros cuando terminara la guerra; él se irá y yo no podré soportarlo. Me ha mirado

desde muy adentro y me ha dicho que no piense en lo que pasará después, que tenemos que disfrutar lo que tenemos en este momento. Y hemos disfrutado. Ha sido muy hermoso. Quiero volver a estar con él, pero no sé cómo ni dónde. Nadie debe enterarse de esto.

—¿Y por qué lo escribía si no quería que nadie se enterase? Fue más cauta con la historia de la resistencia —comenté.

—Quizás en el fondo quería que todo el mundo supiera que estaba enamorada —dijo Karin, a la que le había salido una vena sentimental.

—Era muy peligroso —reconoció nuestro amigo—. Si su padre se enteraba de algo así... No quiero ni pensarlo.

—Debió pasarlo muy mal. ¡Qué situación! Pobre Elsa —se lamentó otra vez Karin.

—Fue duro, es verdad, pero ella se lo buscó, ¿no? —a Erik no acababa de parecerle bien que su abuela hubiera tenido un lío con un soldado del bando contrario—. Lo que no entiendo es cómo pudo enamorarse de un nazi.

—¡Vamos, Erik! —exclamó Karin, que había hecho causa común con Elsa—. Seguro que el pobre Henrik no era un nazi. Sería un pobre muchacho al que le tocó ir a la guerra, como si ahora o dentro de tres años te tocara ir a ti. Si solo tenía diecisiete años cuando conoció a tu abuela... Además, ¿tú puedes decidir de quién te enamoras y de quién no? ¿O tú, Arturo, decidiste que te gustara Brigita o que no te gustara? —me quedé callado, aquello no iba conmigo—. Pues no, el amor no funciona así, por eso a veces nos enamoramos de quien no está enamorado de nosotros y seguimos con ello aunque no nos haga ni caso.

Karin miró con una cara a Erik que me dejó meditabundo. ¿Se le estaba declarando indirectamente mediante aquellas palabras? A lo mejor sentía por él algo más que el cariño entre dos amigos. En cualquier caso, Erik no se dio por aludido. A veces era muy listo, y a veces más corto que las mangas de un chaleco. ¡Con lo buena que estaba Karin!

—¡Vamos! En medio de una guerra, con toda su familia en peligro, y ella dándose besos en la cabaña con el alemán. ¿Os parece normal? Mi abuela siempre ha sido un poco..., ¿cómo diré?, un poco excéntrica. Siempre ha ido un poco contracorriente, pero nunca imaginé que hasta ese punto.

—Tu abuela es estupenda ahora y lo fue entonces —intervino de nuevo Karin, que seguía hablando con segundas intenciones—. Se arriesgó en un momento muy difícil por amor. No sabemos si perdió o ganó. Eso lo averiguaremos si sigues leyendo. Pero lo importante es que le echó un par de narices a la vida. Y seguro que lo pasó fatal: su amiga deportada, su padre luchando por la libertad, y ella enamorada de un uniforme equivocado, ¿te crees que lo pasaría bien en medio de semejante escenario? Sigue leyendo —ordenó.

Y así lo hizo Erik, que continuaba sin enterarse de nada.

Día 2 de diciembre de 1942

Después de meses detenidos, hoy han fusilado a los hombres que cogieron para que se entregaran los autores del sabotaje. Dice mamá que han muerto gritando: «Viva el rey» y «Viva la libertad». Papá no nos ha mirado a la cara en todo el día. Entra y sale por las noches y durante el día se queda en casa sin hablar. Alguna vez lo oigo discutir con mamá, y ella sale del cuarto llorando. Hoy ha llorado más que ningún día. Si supiera lo mío con H. todavía lloraría más, ¿qué puedo hacer?

Más tarde, el mismo día:

Hoy no he sido capaz de acercarme a la plaza a ver a H. No puedo dejar de pensar que han sido sus compañeros los que han matado a ochenta personas inocentes en la plaza del mercado. ¿Y si él ha sido uno de los verdugos? Creo que nunca se lo preguntaré. Nuestro suelo se ha teñido de sangre. Y mi padre sigue sin levantar los ojos del suelo.

Día 18 de diciembre de 1942

Mamá y yo hemos comprado ya el árbol de Navidad. Tenemos ganas de que lleguen esos días, al menos pondremos un poco de luz en nuestras vidas. Todo es demasiado gris. Mi hermano dice que cómo somos capaces de hacer algo así. Mi madre opina que necesitamos un poco de normalidad en nuestra casa. Papá no ha dicho nada. En Navidad me acuerdo mucho de mis abuelos, que ya no están. Esta Navidad es muy especial: Rebeca no vendrá a acompañarme al cementerio como todos los años antes de comer. No pondremos velas sobre la nieve que cubre las tumbas de nuestros antepasados. H. estará en el cuartel con sus compañeros. Me pregunto cómo pasarán la Navidad sus padres y su novia. ¿Sabrá que existo y que hago menos terrible la estancia de Henrik en el país del frío?

Por la noche, el mismo día:

Mi familia se ha enterado de lo mío con Henrik. Mi hermano ha venido después de comer con la noticia. Alguien le ha dicho: «Tu hermana tiene un novio alemán». Mi padre me ha mirado a los ojos y me ha dado una bofetada. Mi madre se ha metido en su cuarto y no me ha dicho nada. Mi hermano me ha ordenado que siga con él, que ya que soy una puta que se va con el enemigo, podré obtener información para la resistencia. Le he dicho que nunca haría una cosa así, que nunca traicionaría a Henrik de esa manera. Mi padre me ha dicho que lo que estoy haciendo ahora es traicionarlo a él, a su causa, a nuestro país, a toda Europa. Me pregunto cómo una chica que aún no tiene diecisiete años puede ser una traidora por el simple hecho de pasar algunos ratos con un joven soldado que nació en otro país. ¿Estoy traicionando a toda mi familia, a todo mi país, a todo un continente por haberme enamorado de Henrik? Mi padre me ha dicho que tengo tres opciones: dejar al alemán inmediatamente, cosa a la que se opone mi hermano, que quiere venderme; colaborar con la resistencia a costa de Henrik; o irme de casa hoy mismo. Me he ido de casa. Nadie sabe dónde estoy, ni siquiera H. todavía. Esta noche dormiré en casa de Rebeca. Está vacía y tengo la llave. Mañana pensaré qué hago con mi vida. Esta Navidad va a ser todavía más triste de lo que había imaginado.

Día 20 de diciembre de 1942
Henrik y yo estamos en la cabaña.

—¡Día 20! —exclamé—. Subieron el día 20 y no el 22, como había escrito en la cabaña. Se equivocó en el libro. Pero ella recordaba lo del día 20, nos lo dijo y con ello nos dio la clave de la combinación.

—¿Por qué no te callas? Ya nos habíamos dado cuenta —Karin no permitía que nada interrumpiera aquella lectura.

Día 25 de diciembre de 1942
Hoy es Navidad. Henrik está de permiso y seguimos en la cabaña. No puedo parar de llorar, pero estoy con él, que me abraza cada vez que lloro, así que está todo el día pegado a mí. Menos mal que tengo su calor. Hace demasiado frío, dentro y fuera de la casa y de mi cuerpo. Él no me lo dice, pero sé que se siente culpable. Dice que si no fuera

por él, yo estaría con mi familia, feliz, pasando la Navidad, cantando canciones alrededor del árbol. Le digo que sí estaría con mi familia, pero que no sería feliz. No le digo que tampoco soy feliz ahora, aunque tenga sus brazos alrededor cuando estoy escribiendo estas palabras que no lee por respeto a mi intimidad, como dice él.

Día 3 de enero de 1943

Hemos cambiado de año y he cumplido los diecisiete. Ni siquiera se lo he mencionado a Henrik. Esperemos que se acabe la guerra pronto. H. dice que volverá conmigo a Alemania o que se quedará aquí para siempre. Vivo en la casa de Rebeca y él viene a verme todos los días. A veces se queda a dormir. Los vecinos no me miran con muy buena cara. ¿Pensarán también ellos que soy una traidora?

Día 7 de enero de 1943

He visto a mamá en el mercado. Cuando me ha visto, ha querido mirar para otro lado, pero he ido hacia ella. Me ha abrazado y me ha pedido que vuelva a casa, ha dicho que papá me perdonará si hago lo que él diga, que puedo ser muy útil para la causa. Le he contestado que no, que no puedo hacer algo así y que me perdone, que la quiero mucho, pero que no volveré. Me ha dicho que no le dirá a mi padre que me ha visto. Le he contado que vivo en la antigua casa de Rebeca, que así se la cuido para cuando vuelva. Me ha dado una bofetada. «Rebeca nunca volverá. Lo sabes muy bien. Tus amigos ya la habrán matado». Su tono ha sido terrible. «No son mis amigos», le he dicho. «Es verdad, solo son tus amantes». Y se ha ido dejándome con el peor sentimiento de abandono, de soledad, de tristeza infinita que he tenido en toda mi vida. Me parecía que toda la gente que estaba a mi alrededor me miraba con desprecio. Me he sentido desnuda delante de todos. Me he echado a correr y no he parado hasta que he llegado a casa.

Creo que me he hecho mayor de pronto esta mañana. No le he dicho nada a Henrik.

Día 20 de febrero de 1943

Alguien ha dejado una nota debajo de la puerta. El escrito dice que han detenido a mi padre, que lo tienen en un cuartel al otro lado de la ciudad. No entiendo la firma, pero quienquiera que sea me llama traidora, la palabra terrible, y me dice que ahora tengo la oportunidad de hacer algo por la causa y por mi padre.

He salido corriendo de casa y he ido en busca de Henrik. Se lo he contado todo. Hasta ahora no había mencionado que mi padre formaba parte de la resistencia. A pesar de que quiero a Henrik, tenía miedo de que él o sus compañeros quisieran utilizarme, igual que mi padre y mi hermano, pero en el sentido opuesto. Sin embargo, hoy lo he hecho. Le he dicho dónde está y le he pedido que lo saque de allí.

Me ha contestado que hablará con su oficial, pero que es muy difícil y que, además, esa información podría comprometernos, a mí por un lado y a él por otro. Lo he llamado cobarde y me he ido.

Por la noche ha venido a casa. Ha visto a mi padre en el calabozo donde está. Ha ido con una excusa que se ha inventado, sin mencionar a sus jefes mi existencia. Quiere protegerme, ha dicho, pero podría ser peligroso que supieran que su chica es la hija de un cabecilla de la resistencia. ¡En qué lío me he metido! ¡No me imagino nada peor!

Mi padre al principio no ha querido hablar con él, luego ha accedido, pero solo se ha limitado a llamarme puta y a decirle que él tiene la culpa de todo. Dice Henrik que si mi padre accediera a dar la lista de nombres de sus compañeros, lo dejarían en libertad. Yo sé que él nunca haría una cosa así, nunca traicionaría a su gente. Preferirá morir antes que delatarlos. Me siento como un gusano. Pero ni he delatado a nadie ni he matado a nadie ni nadie ha muerto por mis palabras o por mi silencio. Sin embargo, no puedo evitarlo, me siento sucia. Estar enamorada no es un buen camino para ser feliz. Qué diferente es todo a como me lo había imaginado. ¡Qué asco!

Día 25 de febrero de 1943

Han fusilado a mi padre. Me lo ha dicho mamá esta mañana. Ha venido a casa y se ha echado a llorar. Me ha pedido que vuelva a casa, que se siente muy sola. Mi hermano está desaparecido desde hace más de una semana. La casa está vigilada y no va a volver. Dicen que se ha ido a Inglaterra con un grupo de voluntarios que están organizando un ataque de la resistencia. Cerca de casa han terminado el campo de concentración que estaban haciendo cuando me marché. Han traído a cientos de prisioneros de Serbia. Van a construir unos enormes hangares para submarinos en el fiordo. Para eso han venido aquí los alemanes, me ha dicho, para que los fiordos sirvan de refugio a la flota naval y submarina. Me ha contado todo esto como ida, para evitar hablar de papá. Cuando se ha ido, no he conseguido llorar. Es tan grande el dolor que siento que ni siquiera las lágrimas tienen fuerza para salir de ese lugar tan oscuro en el que se esconden. Mi alma debe ser un pozo poblado de arañas negras que tejen una tela infinita de melancolía. Hace días que he dejado de sonreír.

Por la noche, el mismo día:

Henrik ha venido a comunicarme lo de mi padre. Le he dicho que ya lo sabía. Dice que no habría podido hacer nada, que si hubiera dicho que era el padre de su novia, las cosas aún hubieran empeorado, que seguramente me habrían detenido a mí también, y a él quién sabe lo que le habrían hecho. Creo que ha pensado más en él que en mí.

Día 1 de marzo de 1943

Hemos ido a la cabaña a pasar el día libre de Henrik. Mucho frío. Hemos esquiado más que en Navidad. Él va aprendiendo. Se sigue cayendo mucho, pero no he conseguido sonreír ni una sola vez. No he tenido ganas de escribir nada en el libro de la cabaña.

Día 3 de abril de 1943

Casi no salgo de casa, ni siquiera al mercado. Toda la ropa me queda grande. Creo que H. se va a cansar de mí. Me ha dicho que quizás lo trasladen, que se rumorea que su compañía va a ser transferida al norte de Alemania. No me ha sorprendido, ni siquiera me ha dolido. Creo que mi corazón ha sido sustituido por un pedazo de acero, del mismo que hacen los submarinos. Dice que me vaya con él, pero eso no puede ser, al menos hasta que no acabe la guerra. No puedo seguir al ejército alemán. Y él lo sabe. ¿Y su novia Inger? La imagino sentada junto a una ventana, cosiendo su ajuar, mirando de vez en cuando a través de los cristales, creyendo reconocer a Henrik en cada soldado que pasa por la calle. Seguro que su corazón todavía palpita fuerte cuando ve un uniforme. Seguro que su familia la quiere y que nadie de su pueblo la mira mal.

—¿Estáis seguros de que Elsa querrá leer todo esto? —pregunté, interrumpiendo la lectura.

Erik se estaba poniendo nervioso otra vez. Leía cada vez más deprisa y su frente sudaba. Llevaba la camisa húmeda de sudor en la zona de la espalda. Por primera vez, yo dudaba de que fuera buena idea que Elsa se enfrentara a su pasado.

—Será mejor que continuemos. Cuando hayamos terminado, decidiremos qué hacer —sugirió Erik.

Día 20 de abril de 1943

Las cosas están cada día peor. Los alemanes están matando a mucha gente. Los prisioneros yugoslavos viven en un campo de concentración cerca de la casa de mi familia. De vez en cuando voy a ver a mi madre y lloramos juntas. Echo de menos a papá, cuando estábamos todos en casa, cuando no había guerra. Mamá sigue sin querer ver a Henrik.

Día 11 de mayo de 1943

Mi madre ha venido a verme. No se acuerda de dónde está enterrado mi padre. No puede recordar en qué cementerio está. La he acompañado. Me preocupa. A veces habla sin sentido y olvida cosas cotidianas.

Día 23 de junio de 1943

La compañía de Henrik partirá hacia Alemania a final de año. No podré soportarlo. No me imagino sin él.

Día 17 de julio de 1943

Creo que estoy embarazada. Tengo síntomas muy raros. Noto que mi cuerpo está cambiando. No me atrevo a decírselo a Henrik, y a mi madre ni pensarlo. ¿Qué puedo hacer?

Día 20 de julio de 1943

Hacía días que no veía a mamá y he ido a visitarla. Me ha dicho que no se acordaba de dónde estaba mi casa. No puedo ni imaginar qué sería de mí si pierdo la memoria como ella. Me da miedo pensar en ello. Creo que en el fondo escribo este diario para que, si alguna vez me pasa como a mamá y no recuerdo lo que ha sido esta parte de mi vida, pueda volver a leer mis palabras una y otra vez, y así poder revivir lo que he vivido: lo bueno y lo malo. Todo forma parte de mi vida y quiero tenerlo conmigo hasta el día en que me muera.

—¿Lo veis? —exclamé, por fin satisfecho. Hacía unos minutos había tenido dudas, pero ahora no—. Yo tenía razón. Elsa quiere recuperar sus diarios y lo que dice en ellos.

—¿Crees realmente que las pistas que nos ha dado han sido para recobrar su memoria perdida de aquellos días en que fue feliz e infeliz? —preguntó Karin.

—Estoy convencido, aunque confieso que hace un momento he dudado de que fuera una buena idea que Elsa se pusiera cara a cara con un pasado tan..., digamos..., tan doloroso. Pero fijaos bien: ella misma lo dice. Escribió los diarios por si alguna vez perdía la memoria. Y nosotros los hemos recuperado para ella justo cuando empieza a ocurrir lo que más temía —afirmé con una brizna de emoción.

—Arturo —dijo Erik—, me descubro ante ti, amigo mío. Mi abuela leerá todo lo que escribió de joven, lo bueno y lo malo, es decir, lo que vivió aquellos años. Estamos haciendo lo correcto. Reconozco que tenía mis dudas, especialmente después de nuestra conversación con el profesor Einar, pero ahora ya está todo claro. Ella quiere saber qué pasó.

—Y nosotros también, así que sigue leyendo —le espetó Karin.

Día 25 de julio de 1943

No estoy embarazada. Menos mal. Mamá está empeorando. Camina sola por la ciudad, incluso de noche, bajo el toque de queda. Tengo mucho miedo por ella, pero no quiere quedarse en mi casa, bueno, en la casa de Rebeca. Y yo no puedo quedarme en la suya.

Día 2 de agosto de 1943

Henrik se va al mes que viene. Mucho más pronto de lo que pensábamos. Apuramos al máximo el tiempo que esta-

mos juntos. Sé que, si pudiera, no se marcharía, pero no puede desobedecer órdenes. Si no fuera por la guerra, todo sería tan diferente...

Día 13 de agosto de 1943

He encontrado trabajo en un taller de confección que hay cerca de casa. Así podré ayudar a mi madre. Tengo que convencerla para que vaya a un médico.

Día 25 de septiembre de 1943

Mi hermano ha escrito una carta a mi madre. Está en Inglaterra. La resistencia prepara una gran ofensiva desde allí. En su carta pregunta por mí. Tal vez me haya perdonado. Aunque no sé muy bien qué es lo que tiene que perdonarme.

Día 30 de septiembre de 1943

Mañana se va Henrik. Esta es nuestra última noche juntos. No puedo creer que esto vaya a suceder. Nunca había querido tanto a nadie. Henrik me dice que no me preocupe, que en cuanto termine la guerra, vendrá a buscarme. Lo miro con tristeza. Sé que no será así como dice. En cuanto termine la guerra, se casará con Inger. Sé cuál ha sido mi papel y tengo que asumirlo. Han ocurrido muchas cosas, pero ha merecido la pena. He sufrido, pero también he disfrutado. Cuando se vaya, será terrible durante unos días; después, poco a poco, me iré acostumbrando a estar sin él, hasta que se convierta en un recuerdo. Pero será un recuerdo imborrable, el de mi primer y tal vez único amor. ¿Y quién sabe si de verdad dejará a Inger? Bueno, esto no quiero pensarlo.

Día 3 de noviembre de 1944

Henrik se fue. Sigo trabajando. Mamá en el hospital. Está cada día peor.

—Mirad —exclamó Erik—. Pasa de septiembre de 1943 a noviembre del 44. No escribió nada durante más de un año.

—Debió ser demasiado terrible. Sola, con su madre enferma, probablemente sin noticias de Henrik. Ni siquiera quiso escribir —dijo Karin.

—O es que no tenía tinta —apunté yo. Mis amigos me miraron como si hubiera dicho una estupidez—. No me miréis así. La tinta escasearía. En la guerra española pasó lo mismo. Mi abuela me lo contó. Apenas tenían para escribir en el colegio. Pudo pasarle lo mismo a Elsa. Está claro que está contando cosas espantosas que vivió. Casi no me puedo imaginar algo peor.

—Todavía es posible una vuelta más de tuerca. Piensa que todo es susceptible de empeorar —intervino Erik.

Día 2 de enero de 1945

Ayer fue Año Nuevo. Pasé la noche con mi madre. Le he escrito a mi hermano a una dirección de Londres.

Día 5 de marzo de 1945

Se rumorea que la ofensiva aliada va a llegar también aquí. Los alemanes están muy excitados. La gente de mi barrio me mira cada día peor.

Día 6 de abril de 1945

Los alemanes van perdiendo cada vez más terreno. Se habla de liberación. La gente empieza a estar contenta. Parece que la guerra acabará pronto. Hoy, en el mercado, una mujer me ha dicho: «Ve preparándote». No he entendido a qué se refería.

Día 20 de abril de 1945

Ninguna carta de Henrik. He ido a su antiguo cuartel y he preguntado al oficial si sabía algo de la compañía. Nada, ni siquiera sabe en qué parte de Alemania están. Creo que no volveré a saber nada de él. Si al menos me hubiera quedado embarazada, tendría algo de él. Así solo tengo su recuerdo.

Día 23 de abril de 1945

A las cinco de la mañana me han venido a buscar. Mamá ha muerto en el hospital. Mañana la entierran. No me queda nadie.

—¡Pero cuántas desgracias juntas le pasaron a tu abuela, Erik! —exclamó Karin, que estaba a punto de quedarse sin uñas.

—Primero fusilan a su padre, su hermano no le habla, todos la consideran una traidora, luego Henrik se va, ahora su madre ha muerto. Y todo en el transcurso de poco más de un año —resumió Erik, que había dejado de sudar—. Me pregunto cómo fue capaz de superar todo aquello.

—¿Os habéis dado cuenta —preguntó Karin, que ya se había quedado sin uña en el pulgar derecho— de que cada vez escribe menos? Solo notas sueltas, como un simple recordatorio. No se desahoga en el diario. Es como si dibujara breves apuntes para no olvidar lo que pasó.

—Lo que apoya la teoría de que los diarios no son sino una manera de dejar constancia de lo que le ocurrió. Temía perder la memoria, que le pasara lo mismo que a su madre. Y no quería que todo lo que había vivido se desvaneciera debido a su enfermedad. Por eso escribió entonces y por eso nos ha ayudado a encontrar y desvelar su secreto —afirmó Erik.

Día 7 de mayo de 1945
La guerra ha terminado. Noruega ha sido liberada. Papá hubiera sido feliz, y mamá también. Yo me alegro de que ya no haya toque de queda a partir de ahora. Nada volverá a ser como antes.

Día 16 de mayo de 1945
He dejado mi ciudad. Y no creo que vuelva nunca más...

—Aquí es cuando Elsa deja Trondheim para irse al norte. Y no pensaba regresar, pero sí lo hizo. ¿Qué pasaría? —interrumpió Karin la lectura.

—Si seguimos leyendo, lo averiguaremos —le reprochó Erik, impaciente.

... nunca más. Lo que ha ocurrido no me lo podía ni imaginar. La gente está muy enfadada. Como los soldados ya no están, la toman con los que estuvimos cerca de ellos. Al menos una docena de hombres y mujeres rompieron la puerta de mi casa. Estaba en la cama. Me sacaron a la calle. Hacía frío y yo estaba en camisón. Todos se reían de mí. Me cortaron el pelo en medio de la plaza. Cada mechón que alguien me cortaba, lo enseñaban como hacían los verdugos con las cabezas que rodaban tras pasar por la guillotina durante la Revolución Francesa. Creí que me iban a matar. Tal vez hubiera sido mejor. En aquellos momentos era tan grande la vergüenza que sentí que pensé que era mejor morir que pasar por todo aquello. Me dejaron sin pelo, completamente calva. Me pasearon así, casi desnuda y sin pelo por todo el centro de la ciudad y con un montón de gente alrededor que me lanzaba cosas y me insultaba. De vez en cuando, nos encontrábamos con otra chica a la que estaban haciendo lo mismo que a mí. Me llamaron traidora. Me dijeron que por mi culpa habían muerto mis padres. Me insultaron con los peores califica-

tivos. Parecía que yo, y nadie más, había organizado aquella guerra. Parecía que yo era la culpable de todos los millones de muertos en las trincheras, en las ciudades, en los campos de concentración.

Después de todo el día así, me dejaron abandonada junto al fiordo. Cerca había otra chica en las mismas condiciones. Se acercó a mí y me abrazó. Lloramos abrazadas un rato y nos quedamos dormidas. Hacía mucho frío. Al día siguiente estábamos ateridas. Conseguimos llegar hasta la casa de mi familia. Nos dimos una ducha caliente. Nos pusimos unos pañuelos en la cabeza para tapar su desnudez. Cogimos ropa y la metimos en dos maletas. Metí también algunas fotos de los días felices y algún pequeño objeto de plata que siempre había estado en mi casa. Mi madre guardaba siempre dinero y joyas en una vieja caja azul de caudales. No estaba cerrada porque en los últimos tiempos olvidaba la combinación. Allí había bastante dinero para salir de la ciudad y viajar hacia el norte.

Hemos viajado durante dos días. Por fin, hemos llegado a Rervik. Es una pequeña ciudad, pero hay trabajo. Hay mucha pesca y fábricas de salazón de pescado. Seguro que encontramos algo. Mi amiga también se llama Inger, como la novia de Henrik. Ella tuvo una relación con uno de los oficiales alemanes del campo de concentración. Le daba comida y le compraba vestidos. Inger tiene quince años y está embarazada. Supongo que para el oficial había sido muy fácil seducir a una niña a cambio de ropa y alimentos.

—¡Dios mío! ¡Cómo se puede ser tan cruel! Maltratar así a unas chiquillas que no habían hecho nada —exclamó Karin. Se le saltaban las lágrimas.

La verdad es que las mías estaban al borde de mis ojos, pero intentaba controlarlas. No obstante, alguna se me rebeló.

—Cuando se fueron los alemanes, la gente vertió toda su furia en las personas que habían colaborado con el enemigo, en los delatores y en las mujeres que habían convivido con los soldados —dijo Erik.

—¡Pobre Elsa! —exclamé—. Pasó por muchas cosas, pero sobrevivió.

—Es una mujer fuerte mi abuela —reconoció Erik.

Día 5 de junio de 1945

Hemos encontrado trabajo en una isla alejada de la costa. Vamos a trabajar en un secadero de bacalao. Mañana cogeremos el barco que nos llevará hasta allá. Mi pelo empieza a crecer. La isla se llama Gjaeslingan.

Día 8 de junio de 1945

La isla no es una isla, sino un conjunto de islotes que forman una ensenada. Aquí viven varios cientos de pescadores que han venido para la temporada del bacalao. Estamos unas cuarenta mujeres para cocinar y salar el pescado. Todo huele a pescado seco. Por mucho que lavo mis manos, no consigo quitarme el olor, que se mete por cada poro de mi piel.

Día 17 de julio de 1945

Inger trabaja duro aunque su tripa va hacia delante. Un pescador de Rervik dice que quiere casarse con ella. Es un hombre joven y trabajador. Quizás no sea mala idea.

Día 20 de julio de 1945

Aquí sería fácil encontrar un hombre. Nadie pregunta nada. Como vamos todas las mujeres con un pañuelo en la cabeza por razones de higiene para trabajar con el pescado, nadie sospecha que nos han rapado el pelo.

En Gjaeslingan no se pone el sol en toda la noche. El verano es hermoso aquí.

Día 29 de agosto de 1945

Ayer vino uno de los hijos del hombre para el que trabajamos. Vive en una ciudad más al norte. Ha estado estudiando allí. Es marino mercante. Se llama Gunnar y es guapo.

Día 10 de septiembre de 1945

Inger se ha casado. He sido su dama de honor. Ella estaba feliz y muy guapa con su vestido nuevo y su barriguita prominente.

Día 12 de octubre de 1945

Gunnar viene muy a menudo a la fábrica. Es simpático. Siempre se las arregla para hablar conmigo. Mi pelo sigue creciendo. Pronto me quitaré el pañuelo al salir del trabajo.

Día 20 de octubre de 1945

Mi pelo ha salido más rizado que antes. Por fin me he atrevido a mirarme en el espejo. Gunnar me ha invitado a dar un paseo con él en su barca. Mañana es domingo.

Día 21 de octubre de 1945

En la barca, Gunnar me ha dicho que le gustaría que fuera su mujer. Es un hombre atractivo y me trata bien. No siento con él lo mismo que con Henrik, pero me acostumbraré. Además, Henrik no va a volver.

Día 2 de noviembre de 1945

Inger ha tenido a su hijita. Es preciosa. La va a llamar Elsa, como yo. Dice que así estaremos siempre juntas. Le he prometido que si tengo una hija se llamará Inger.

Día 12 de diciembre de 1945

Gunnar sigue insistiendo en que nos casemos. No sé qué hacer. Si lo hago, dejaré de limpiar pescado y las uñas no me olerán mal.

Día 20 de diciembre de 1945

Gunnar y yo nos hemos casado en la iglesia de la isla. Inger y su marido han sido los padrinos. El vestido blanco me lo ha regalado el que ya es mi esposo. No ha sido la boda que había imaginado cuando era pequeña, pero no ha estado mal. No me he acordado de Henrik en toda la ceremonia. Lo hago ahora que escribo estas líneas, pero, durante la boda, he conseguido estar concentrada en Gunnar. Creo que será un buen marido. Hoy hace tres años que subí con Henrik a mi cabaña a pasar la Navidad.

Día 9 de mayo de 1946

Vamos a trasladarnos a Oslo. Gunnar va a trabajar allí. Me gusta la idea de volver a vivir en una ciudad.

Día 12 de septiembre de 1946

Estamos en Oslo. Echo de menos a Inger y a su pequeña Elsa. Me gusta tener de nuevo a alguien a quien poder echar de menos. Me pregunto qué habrá sido de mi hermano.

Día 20 de noviembre de 1946

¡Estoy embarazada!

—¿Os dais cuenta de que muchas de las cosas buenas le pasan a Elsa un día 20? —observó Karin.

—¡Es verdad! —exclamé.

—Claro... Por eso nos dijo que probáramos con el número 20 para la combinación de la caja. Esa cifra tenía mucho que ver con todo aquel tiempo. El número 20 significa mucho para mi abuela. Continuemos.

Día 7 de agosto de 1947

Ayer tuve a mi hijo. No ha sido una niña, así que no puede llamarse Inger, como mi amiga. Le he escrito rápidamente para decírselo. Se llamará Olav, como mi hermano.

Día 2 de enero de 1960

He encontrado mis diarios después de mucho tiempo sin escribir. He estado tan ocupada con los niños, con Gunnar y con el trabajo, que no he escrito durante más de diez años. Ahora ya tengo una hija y se llama Inger, por supuesto.

Había escondido estos cuadernos en el desván hace mucho tiempo. No quiero que mi marido los lea. No le he contado nada de lo que ocurrió durante la guerra. Solo sabe lo que pasó con mis padres, pero ni una palabra de Henrik.

Día 14 de febrero de 1960

Han trasladado a mi marido a Trondheim, mi ciudad. Tenemos que mudarnos la semana que viene. Han pasado más de quince años de todo aquello, pero tengo miedo de volver.

Día 5 de mayo de 1960

Estamos en Trondheim. Es todo muy raro. La ciudad ha cambiado. Me da la impresión de que algunas personas me reconocen cuando me ven, pero no es posible. He cambiado mucho. Mi pelo tiene un color diferente, he adelgazado bastante, escondo mis ojos detrás de unas gafas y tengo dos hijos.

Día 23 de julio de 1960

He ido a la antigua casa de mis padres. Allí vive ahora mi hermano. He visto su nombre en el buzón. Se ha casado y tiene hijos. No he querido acercarme más. No quiero que sepa que estoy aquí. En realidad, no tengo nada que decirle y creo que él a mí tampoco. Será mejor dejar las cosas como están. No quiero volverlo a ver.

También he ido a la casa de Rebeca. He preguntado por ella desde el portal. Me han dicho que toda la familia mu-

rió en un campo de exterminio muy poco después de que se los llevaran. Cuando estuve viviendo en su casa, seguramente ya estaba muerta.

El mismo día, más tarde:

Gunnar ha llegado a casa cuando estaba escribiendo en el diario. Me ha preguntado qué hacía. Nunca había visto estos cuadernos, que están guardados bajo llave en la caja azul de mamá. Me ha pedido que se los enseñe. Le he dicho que no. Se ha enfadado.

Día 1 de marzo de 1962

Han pasado dos años desde la última vez. Gunnar sigue insistiendo en querer leer mis diarios. Sospecha que le oculto algo.

Día 12 de septiembre de 1962

Nos hemos cambiado de casa. Ahora vivimos muy cerca de mi hermano. El barrio se levanta justo en el mismo lugar donde estaba el campo de concentración durante la guerra. Unos vecinos me han dicho que justo encima de nuestro jardín estuvo el búnker del campo; por eso, nuestra casa tiene una orientación diferente. No me había dado cuenta. ¡Qué ironía del destino! Nunca tocaré la tierra de ese jardín. Mi alergia a cierto componente de la tierra me prohíbe trabajarlo. Es una buena excusa. No soporto la idea de remover la tierra que se asienta sobre el búnker del campo de prisioneros.

Día 17 de octubre de 1962

Una mujer me ha llamado por mi nombre en la calle. Me he girado. Era una vecina de la casa de Rebeca. Me ha abrazado. Me ha dicho que se enteró de lo que me hicieron. Le he dicho que se equivocaba de persona, pero ha insistido. Ha dicho que tenía algo para mí. «Unas cartas. Vinieron de Alemania hace años». Me he ido corriendo a mi casa.

Día 19 de octubre de 1962

He ido a visitar a mi antigua vecina. Quería saber si esas cartas eran de Henrik. Efectivamente lo son. Compruebo que nadie las ha abierto. Están escritas en un mal noruego, pero se pueden entender. Me las he llevado a mi casa, me he encerrado en el cuarto de baño y las he leído. Henrik me decía que las cosas no habían ido bien con su novia cuando regresó. Me daba una dirección y me mandaba dinero para el viaje a Alemania. He apretado las cartas contra mi pecho y las he mojado con mis lágrimas. He abierto la otra. Henrik me preguntaba por mi silencio. Me volvía a pedir que fuera. En la tercera me dice el día y la hora en la que llegará su avión desde Berlín vía Copenhague y Oslo. Ha decidido venir a por mí.

Imagino a Henrik buscándome por toda la ciudad, pidiendo información sin resultado. Su última carta, en la que me dice que viene, está fechada en 1952, siete años después de la guerra. Nadie sabía nada de mí en Trondheim. Inger y yo nos fuimos de noche hacia el norte y no le dijimos a nadie adónde íbamos. Jamás nos comunicamos con nadie de nuestra ciudad. Además, en esa fecha, yo ya estaba casada y había cambiado mi apellido. Era imposible localizarme.

No sé qué hacer. Los sobres tienen una dirección. ¿Y si Henrik todavía vive en ese lugar? ¿Y si Gunnar se entera?

Ha pasado demasiado tiempo. Yo tengo mi vida organizada de una manera en la que Henrik no tiene cabida. Durante estos años he pensado en él. Muchas veces me he preguntado qué hubiera pasado si hubiéramos podido estar juntos. Pero eso no ha ocurrido, así que es inútil pensar en lo que pudo haber sido y no fue. Eso queda bien para las canciones sentimentales, pero no para la vida. Para la vida no sirve de nada.

Día 20 de diciembre de 1964

He pensado muchas veces en quemar las cartas de Henrik, pero no lo he hecho. Las guardo dentro de la caja azul. ¿Quién sabe si algún día...? En fin...

—Y aquí se acaban los diarios de Elsa. Otro día 20... —Erik nos miró con los ojos más que húmedos.

La historia de su abuela nos había enternecido a los tres. Yo pensé inmediatamente en Brigita, aunque lo nuestro no se podía comparar. Imaginé al pobre Henrik buscando a Elsa sin ningún resultado. Tal vez pensó que estaría muerta. Quizás alguien le dijera que la habían paseado, insultado y rapado por haber estado con él. Me pongo en su lugar y pienso que debió ser terrible.

Y Elsa, ¿qué sentiría al leer aquellas cartas que la llevaban a un pasado que vivió y a otro que no pudo vivir?

—¿Por qué no escribiría más? —la voz de Karin irrumpió en mis pensamientos.

—Tal vez, el abuelo encontró los cuadernos. Seguramente fue él quien enterró la caja. Probablemente descubrió todo esto y lo escondió. Después se iría a la isla a poner en orden sus sentimientos y dejaría allí la llave de la caja azul para que nadie la encontrara nunca —dijo Erik con voz entrecortada.

—¿Y por qué no quemó los diarios? Cuando uno quiere deshacerse de algo para siempre no lo entierra, lo destruye —dije.

—Quizás no quería volver a verlos, pero no se atrevió a destruirlos. Al fin y al cabo, eran parte de una vida que no era la suya. Es algo que perteneció y pertenece a mi abuela —contestó Erik, que con el descubrimiento estaba también reconstruyendo una parte de su propia historia.

—¿Crees que tu madre sabe lo que pasó? —pregunté. Recordé que cuando Inger hablaba del campo de concentración, una sombra pasaba por sus ojos.

—Tal vez, el abuelo le contó algo y por eso no le gusta hablar de la guerra —contestó Erik—. Mi abuelo murió cuando mi madre tenía dieciocho años. Es posible que hablaran del tema. ¿Quién sabe?

—¡Y pensar que tu abuela tuvo que vivir después en una casa construida sobre los restos del campo de concentración! ¡Qué ironía del destino! ¡Como si no hubiera tenido bastante con todo lo que pasó! —Karin estaba viviendo la historia de Elsa en su propia piel.

—La vida a veces nos da regalos de este tipo —le contestó Erik, a la vez que la cogía de la mano y le acariciaba los dedos muy despacio.

Todos teníamos los ojos con las lágrimas a punto de salir. La lectura de los diarios de Elsa nos había dejado muy tocados. Pensé que aquel día habíamos crecido más que si hubieran pasado cinco años de nuestras vidas.

—Hay que llevarle esto a tu abuela inmediatamente —ordenó Karin.

—¿Por qué inmediatamente? —preguntó Erik. Le costaba reaccionar.

—Podría ponerse en contacto con Henrik —contestó ella.

—Quizás esté ya muerto —dije.

—O quizás no. Erik, entra en internet. Vamos a ver qué nos dice el buscador a propósito de Henrik. En el sobre estarán el apellido y el nombre de la calle —Karin estaba entusiasmada.

—Vamos, Karin, estas cartas tienen más de cincuenta años. Es posible que esa casa ya no exista —Erik estaba tan agotado que parecía no tener energía para soportar más emociones. En cambio, a Karin la lectura de todo aquello le había cargado las pilas.

—Y puede que sí. Vamos, entra en internet.

Fuimos al despacho, donde estaba el ordenador. El buscador tardó bastante en cargarse. Parecía que quería mantener el suspense. Karin se sentó a los mandos. Quería dirigir aquella operación de búsqueda. Encontró un localizador alemán sin problemas. Karin dominaba la lengua de Goethe casi tan perfectamente como el inglés. Introdujo los datos que teníamos sobre el soldado alemán y...

—Ahí está. Henrik Arturo Brandauer. Todavía paga la electricidad de esa casa. Eso quiere decir que está vivo. Aquí están todos sus datos. Nació el 11 de junio de 1925, lo que quiere decir que ahora tiene setenta y ocho años, uno más que tu abuela —Karin estaba tan excitada que su piel estaba siendo visitada por manchas sonrosadas—. Y vive solo.

—¿Cómo sabes que vive solo? —preguntó Erik—, ¿lo dice la factura de la luz?

—Deducción. Una familia o una pareja no gasta solamente este número de kilovatios que se detallan en la factura. Gasta muy poca electricidad, lo que indica que vive solo —a veces, Karin podía ser sorprendente.

—¿Está el número de teléfono? —inquirí.

—No, pero podemos averiguarlo.

Y Karin introdujo otra palabra en el buscador. Nos metimos en la página de la principal compañía telefónica alemana.

—¡Ahí está de nuevo! —Karin empezó a dar palmadas de alegría—. Vamos a teclear este número. Así sabremos si hay otra persona que tiene este mismo número. No, no la hay. Eso refuerza mi tesis de que vive solo.

—¿Y qué más nos da que viva solo o que viva acompañado? —Erik no sabía adónde quería llegar su amiga.

—No querrás que esto se quede así, ¿verdad? —Karin parecía hablar de nuevo con segundas intenciones—. Elsa y Henrik pueden reencontrarse. Vamos a llamar a este número a ver qué pasa.

—Espera un momento, Karin —la interrumpió Erik—. No es tan sencillo. Primero, no sabemos si mi abuela querrá volver a hablar con Henrik. Hace más de sesenta años de todo aquello. Ni siquiera recuerda a aquel soldado alemán. Bastante fuerte va a ser que lea lo mismo que hemos leído nosotros. Está bien que quiera conocer lo que experimentó y sintió entonces. Entiendo que quiera recuperar su memoria y su pasado. Pero va a ser un golpe duro. Si además le presentamos a un abuelete alemán y le decimos: «Mira, abuela, este es el hombre que fue tu amante durante la guerra, al que no volviste a ver», pues a lo mejor le da un síncope y ya no se recupera. No. Creo que eso debemos dejarlo, al menos de momento.

—Pero podemos llamarlo, hablar con él, preguntarle... —empezó a decir Karin.

—¿Qué le vas a preguntar? ¿Si tuvo una novia en Noruega que se llamaba Elsa? —Erik sí que estaba al borde del síncope.

—Podríamos decirle que estamos haciendo una investigación sobre los soldados alemanes que estuvieron aquí durante la guerra —sugirió Karin, yo permanecía callado. No sabía qué era lo mejor—. Que queremos saber si se enamoró de alguien, cómo fue su experiencia. A ver si nos habla de Elsa.

—Vamos, Karin, te pareces a una presentadora de un horrible programa de telebasura. No podemos hacer eso. Además, ¿qué ganaríamos con hacerle hablar de algo que tal vez haya olvidado o haya querido olvidar? ¿Ganaría nuestra vanidad? —dijo Erik.

—No —contesté yo—. Ganaría la recuperación de la memoria perdida. Tal vez, él también quiera recuperarla. Tenemos en nuestras manos darles una última oportunidad, a él y a Elsa.

—Mañana vamos a entregarle a mi abuela todo esto. Que decida ella, ¿os parece? —sugirió Erik.

A mí me pareció buena idea. Ya que Elsa no había tenido la oportunidad de decidir en el pasado, que lo hiciera ahora.

Karin seguía pensando en Henrik Arturo Brandauer.

27

Verdades

A la mañana siguiente fuimos los tres a casa de Elsa. Nos esperaba impaciente. La abuela de Erik se había vestido de negro, como siempre, y sus gafas de color violeta hacían juego con un largo echarpe de lana que le llegaba casi hasta las rodillas. Su pelo estaba recogido en un moño alto, como el primer día que la vi. Estaba excitada, y no era para menos: iba a recuperar una parte de su vida.

Ángela había hecho ya sus maletas, volvía esa misma tarde a Venecia. Cogería el avión de las cinco a Oslo y de allí a Milán y luego a Venecia. Llegaría a su casa al filo de la medianoche.

Erik le entregó la caja azul a su abuela. Al cogerla en sus manos, su rostro cambió de expresión. Fue como si, de repente, su mente hubiera viajado al pasado. La reconoció inmediatamente.

—La caja azul de mi madre. Siempre estuvo en nuestra casa. Después viajó conmigo al norte. Aquí guardé muchas cosas, viejos recuerdos, las pocas joyas que me quedaron, y mis diarios. Están aquí, ¿verdad?

—Sí, abuela. Y aquí está la llave —dijo Erik—. Tenías razón. La llave estuvo en la casa de la isla. Hace años que se subastaron los objetos que había en las cabañas. Cuando se erigió el museo, se recuperaron muchas cosas, pero no todas. Hemos tenido suerte. El profesor Einar fue muy amable, es un experto en cajas fuertes. Cuando le describimos la caja, enseguida supo de qué se trataba, e inmediatamente identificó la llave entre las varias decenas que allí había. Por cierto, ¿cómo llegó la llave a la isla?

—Supongo que la llevaría tu abuelo después de enterrar la caja —contestó ella.

—¿Fue el abuelo el que la escondió en el jardín?

—¿Quién si no? —respondió Elsa—. Yo no fui, de eso estoy muy segura. Nunca me habría desprendido de ella y nunca hice nada en ese jardín, ya os lo dije. Solo recoger las frambuesas, las grosellas y cortar algunas flores. Os lo garantizo. Tal vez, el abuelo descubrió algo que no le gustó y pensó que enterrando la caja, enterraba también lo que encerraba. No puedo recordarlo. Pero, afortunadamente, vosotros habéis desenterrado mi tesoro —y se abrazó con fuerza a la caja, como si fuera su columna vertebral—. A propósito, antes has nombrado a un tal profesor Einar, ¿me equivoco?

—No se equivoca, es un hombre encantador —respondió Karin.

—El apellido me es familiar, tal vez sea pariente del abuelo —pensó Elsa en voz alta.

—Creo que no lo es. Su única hermana se llama como tú, Elsa, y su madre se llamaba Inger —repuso Erik—. Cuando leas los diarios, abuela, sabrás algo más de él.

¡Cómo no me había dado cuenta antes! Erik había asociado las informaciones: la amiga de Elsa, la que viajó con ella hasta la isla, era la madre del profesor Einar. Su hija se llamaba Elsa, igual que la hermana del profesor. Por eso nos dijo que tal vez encontráramos algo en el pasado que no nos gustara. Él no había querido investigar sobre la juventud de su madre, sabía que encajar aquella verdad le habría sido difícil.

—El profesor nos dijo que tal vez hubiera en los diarios algo que hubiera estado mejor enterrado. Abuela, estás a tiempo, si no quieres leerlos... —continuó.

—No, Erik... —le interrumpió—. No continúes. Quiero leerlos. Si esta enfermedad no estuviera trabajando con tanto empeño en dejarme desmemoriada, recordaría todo lo que viví en aquel tiempo, no tendría elección. Pero, dadas mis circunstancias, sí la tengo y he tomado una decisión: voy a leer lo que escribí durante aquel periodo. Sé, y no te preocupes por ello, que ocurrieron cosas terribles, una guerra no es un juego de niños, y no soy tan inocente como para sorprenderme o desesperarme al descubrir mis secretos, unos secretos que no soy capaz de recordar. He vivido ya muchos años, llevo mucho a mis espaldas y podré asumir estas páginas —Elsa acariciaba aquellos papeles mientras hablaba. Nunca me había parecido más lúcida que en aquellos momentos—. Digan lo que digan estos cuadernos, es mi vida. No podéis imaginar lo que significa para mí tener esto en mis manos. Estoy a punto de recobrar una parte de mí misma que creía perdida para siempre. Ahora marchaos, quiero leerlos a solas. Venid mañana a esta misma hora.

—Lo que tú digas, abuela. ¿Nos despedimos de Ángela?

—¿Ángela? ¿Qué Ángela? —preguntó la abuela—. Era una broma. La llamaré, está en su habitación, tiene que salir dentro de poco hacia el aeropuerto.

Yo no salía de mi asombro por cómo Elsa era capaz de bromear sobre su propia enfermedad.

Ángela salió enseguida para despedirse de nosotros. Iba vestida con una camisa de color rosa oscuro; su pelo rubio, recogido en una coleta baja; sus labios, muy rojos; su sonrisa, siempre pícara; en su cuello, el medallón que tanto se tocaba el día que la conocí.

—Bueno, chicos, estoy segura de que habéis hecho un buen trabajo de investigación. Tal vez utilice vuestras pesquisas para mi nueva novela. Tengo que terminarla dentro de un mes, y aún no la he empezado. Así que a lo mejor os tomo prestadas vuestras idas y venidas y la historia de Elsa, que, como la de cada uno de nosotros, es digna no de una, sino de al menos siete novelas diferentes.

—¿Vuelve a Venecia? —le pregunté.

—Sí, y espero que algún día me hagáis una visita. Os enseñaré la ciudad. Encierra muchos misterios escondidos tras los reflejos de sus canales.

—¿En su casa hay un cuadro con una mujer que tiene un extraño collar? —no sé por qué se lo pregunté, pero me salió directamente. Ángela no pareció sorprenderse por la pregunta.

—Sí, y máscaras y espejos. Es una casa muy entretenida. Os gustará.

—¿Y ese medallón que lleva? —le seguí preguntando. Todo lo que rodeaba a Ángela me recordaba libros que había leído poco antes.

—Este medallón es... Este medallón es otra historia, como la del collar del retrato. Veo que eres muy observador, Arturo —y me alargó la mano para despedirse.

—Me gusta leer, Ángela Pellegrini —respondí.

—Haces muy bien, Arturo Casanova. Tienes un apellido muy veneciano. Confío en que me hagas una visita más pronto que tarde —y me dio dos besos. Noté cómo subía el rubor a mis mejillas. Aquellos besos no habían sido como los de Brigita. Pensé que era una pena. Me sentía extrañamente atraído por aquella mujer fascinante. La miré con la mejor de mis sonrisas. Ambos sabíamos de qué estábamos hablando. Pero era verdad: aquella era otra historia.

—Buen viaje, Ángela, hasta pronto —se despidieron Erik y Karin, y nos fuimos.

Cuando estábamos en la calle, Erik me preguntó qué me traía entre manos con Ángela y quién me había dicho su apellido. Le conté parte de la verdad: que había leído dos libros suyos en los que aparecía su extraño medallón.

28

La mejor sonrisa de Elsa

Al día siguiente, después de desayunar, volvimos a casa de Elsa. Erik estaba nervioso y yo también. Karin no pudo venir con nosotros: su espalda no le dio permiso aquel día.

Nos abrió Elsa la puerta con la mejor de sus sonrisas. Se la veía contenta. Nos ofreció un té y nos habló del viaje de Ángela, que la había llamado desde su casa veneciana a las siete de la mañana. Su avión se había retrasado tanto en alguno de los aeropuertos por los que tenía que pasar que había llegado tardísimo. Parecía que Elsa no quería hablar de sus diarios. En cualquier caso, estaba radiante. Había cambiado sus ropas negras por un conjunto de falda larga y camisa de color malva que la rejuvenecía y que también hacía juego con sus gafas, que aquel día eran más luminosas que nunca, igual que sus ojos.

Después de un buen rato en el que Erik y yo nos miramos sin saber qué decir, mi amigo rompió el hielo.

—Abuela, ¿has leído...?

—¿Los diarios? Sí, claro que los he leído. Ayer pasé toda la tarde y parte de esta noche con ellos... Y con las cartas de Henrik... —seguía sonriendo. Así pues, parecía que la lectura no había sido traumática.

—Teníamos miedo de que no te gustara lo que allí se contaba —empezó a decir su nieto.

—Os dije que hubiera lo que hubiera era mío y que lo quería. Gracias por haberme devuelto una parte de mí —su voz vibraba entre la emoción y la alegría.

—¿Recordaba algo de lo que pasó? —me atreví a preguntarle.

—Vagamente. La muerte de mis padres durante la guerra, un joven vestido siempre de gris, besos en la cabaña de las montañas, mi cabeza cubierta por un pañuelo marrón con flores. Recordaba imágenes sueltas, como los resúmenes de las películas. Me faltaba ponerlas en orden, recomponer la película y terminarla...

—¿Terminarla? —preguntó Erik.

—Sí, hay cosas que hay que terminar. Al menos hay que intentarlo —y su sonrisa se volvió tan pícara como la de Ángela—. He llamado a Henrik esta mañana.

—¿Que has llamado a Henrik? ¿Cómo...? —Erik y yo estábamos asombrados. La abuela seguía siendo como la chiquilla valiente y decidida que había escrito sus diarios y que había roto prejuicios sesenta años atrás—. ¿De dónde has sacado su número de teléfono?

—Bueno..., estaba en la caja azul, entre sus cartas. ¿No lo pusisteis vosotros?

—No, yo no —contestó Erik—. ¿Y tú?

—Yo tampoco —repuse.

—¿Entonces? —preguntó Elsa.

—Entonces..., ha sido Karin —exclamó Erik—. Por eso no ha venido esta mañana. Nos ha puesto como excusa que le dolía la espalda, pero la verdad es que había dejado el teléfono de Henrik sin que nos diéramos cuenta y quería evitarse la bronca.

—¡Bendita sea Karin! Pero ¿no me vais a preguntar si he hablado con Henrik? —la abuela estaba muy metida dentro de su historia.

—Sí, claro, sí..., esto..., ¿qué ha pasado? —balbuceó Erik.

—He hablado con él —afirmó, exultante, Elsa.

—¿Y qué os habéis dicho, abuela?

—¡Ah! Eso no os lo voy a decir, son cosas nuestras —y se levantó. Se fue a la cocina a preparar más té.

Nos dejó con la intriga. Y con ella nos quedamos, porque ya no volvió a mencionar a su soldado alemán. Intentamos volver a la conversación, pero fue inútil. Elsa no quería decirnos nada más. Y no nos lo dijo. Había recobrado su pasado. Y lo quería solo para ella. Después de todas nuestras investigaciones, nos quedábamos sin saber el final de la historia.

Cuando nos despedimos, sus ojos nos mandaron una mirada sonriente que se escondía detrás de las gafas de color violeta.

—Gracias otra vez, chicos, habéis hecho algo hermoso. No os olvidéis nunca de ello. Yo..., yo intentaré no olvidarlo mientras pueda...

Sus ojos se humedecieron. Era consciente de que su enfermedad la dejaría cada vez con menos recuerdos y con menos capacidad de leer, de hablar y de vivir...

Elsa se había arriesgado a enfrentarse con su pasado. Un pasado que no era fácil, pero que era suyo y de nadie más.

Como el vuelo de las gaviotas.

29

De vuelta a casa

Volví a Zaragoza una semana más tarde, tres días después de que Inger e Ivar regresaran de su viaje a Creta. El curso estaba a punto de comenzar. El verano había sido muy variado. Había perdido mi miedo a hablar en inglés. Había besado por primera vez a una chica. Tenía nuevos amigos. Había conocido a la misteriosa Ángela. Y había contribuido a devolverle a Elsa una parte de sí misma.

Karin y Erik me acompañaron al aeropuerto. El viaje era largo, en total tenía que coger tres aviones y un tren hasta llegar a mi ciudad.

—Bueno, Arturo, llegó el momento —dijo Erik—. Espero que..., en fin..., que este verano lo hayas pasado bien.

—¿Pasarlo bien? —le contesté—. Mucho más que eso. Ha sido un verano... ¿Cómo lo podría calificar? Digamos que... ha sido... un verano... muy intenso.

—Hemos hecho muchas cosas juntos, ¿eh? —continuó Erik.

—Sí, cuando vengáis a visitarme, me temo que no tendré ninguna caja enterrada con misterio que resolver —repuse.

Le alargué la mano a Erik, pero él me abrazó fuerte. En menos de dos meses habíamos vivido experiencias que nos habían unido para toda la vida.

—Bueno, Arturo, cuídate mucho y que empieces bien el curso —Karin siempre tan práctica.

Nos dimos un abrazo y cuando tuve mi boca cerca de su oreja, le dije muy bajito para que no me oyera Erik:

—Muy bien lo del papelito con el teléfono de Henrik en la caja, pero toma ejemplo de ti misma.

—¿Qué quieres decir? —musitó.

—Que tú también debes arriesgarte con Erik.

—¿A qué te refieres? —a veces, Karin parecía tonta o se lo hacía.

—A que tienes que decirle que te gusta. En la vida hay que arriesgarse para ganar, ¿no hemos quedado en eso? Pues aplícate la lección.

Me metí por el túnel que desembocaba en la puerta del avión. No me volví para mirarlos. Las despedidas son menos despedidas si no vuelves la vista atrás. Lo leí en algún sitio.

Cuando estaba en el tercer avión, el que me llevaba a Madrid, me acordé de la isla, de nuestros paseos en la barca de remos, de Brigita y de sus besos. Me imaginé a Elsa en la isla, con su pañuelo de flores en la cabeza, sola, mirando las olas de un mar que apenas se veía en el oscuro invierno ártico. La vi sentada en lo alto del acantilado, escuchando a los pájaros que revoloteaban a su alrededor y recordando los besos prohibidos de Henrik, aquellos que creía que nunca volvería a saborear. ¡Cuántas veces caminaría Elsa por aquellos lugares sin sospechar que años después nuestra estancia allí le llevaría de vuelta a casa su memoria perdida!

Me quedé dormido con la imagen de Elsa en la isla dentro de la cabeza. Soñé con ella y con Brigita.

Cuando desperté, ya se veían las casas cercanas al aeropuerto. El avión estaba a punto de aterrizar. Cerré otra vez los ojos y volví a imaginar a Elsa al borde del acantilado en el lugar donde aprenden a volar las gaviotas.

Índice

ANA ALCOLEA

Ana Alcolea nació en Zaragoza. Licenciada en Filología Hispánica y diplomada en Filología Inglesa, ha sido profesora de Lengua y Literatura en varios institutos de Educación Secundaria en diferentes ciudades de España. Empezó publicando artículos sobre didáctica y sobre investigación literaria, así como ediciones de obras de teatro clásico y de cuentos. En 2001 apareció su primera novela, *El medallón perdido,* y desde entonces no ha dejado de publicar novelas destinadas a todo tipo de público: entre otras, *El retrato de Carlota, Donde aprenden a volar las gaviotas* (Lista de Honor del Premio CCEI), *Bajo el león de San Marcos, El bosque de los árboles muertos, La noche más oscura* (VIII Premio Anaya de Literatura Infantil y Juvenil, White Ravens 2012 y Premio CCEI 2012), *El secreto del galeón* (Finalista del Premio Hache 2016), *Castillos en el aire, El abrazo del árbol, El secreto del espejo...* Le gusta conocer otras culturas y otras lenguas, ha vivido en Noruega y en Italia, y pronuncia numerosas charlas y conferencias tanto dentro como fuera del país. Es ganadora del Premio Cervantes Chico 2016 por su trayectoria literaria y por su labor de acercamiento de la literatura y la lectura a los más jóvenes.

CARTA A LA AUTORA

Los lectores que deseen ponerse en contacto con la autora para comentar con ella cualquier aspecto de este libro, pueden hacerlo escribiendo a la siguiente dirección:

Colección ESPACIO ABIERTO
Grupo Anaya, S. A.
Juan Ignacio Luca de Tena, 15. 28027 MADRID